Jean Giraudoux

Les Contes d'un matin

Texte et illustration de couverture : © domaine public
Edition : Culturea (Hérault, 34)
Contact : infos@culturea.fr
Retrouvez notre catalogue sur http://culturea.fr
Imprimé en Allemagne par Books on Demand
Design typographique : Derek Murphy
Layout : Reedsy (https://reedsy.com/)

Dépôt légal : janvier 2023

ISBN : 9791041912315

Table des matières

REMARQUES LIMINAIRES

par

LAURENT LE SAGE[1]

Les petits contes de Jean Giraudoux que j'ai l'honneur de présenter ici n'ont été que trop longtemps ignorés, même de ses lecteurs les plus fidèles. En dehors de quelques allusions dans de nombreux livres de souvenirs et d'études, deux auteurs seulement ont signalé l'intérêt de ces contes et réclamé leur publication : Robert Brasillach dans La Gerbe *du 10 août 1944, et, plus récemment, M. Louis Fournier dans* Gavroche *du 24 mars 1948 et* La Gazette des Lettres *du 28 mai de la même année, lequel semble ne pas connaître l'article de son prédécesseur. Ni l'un ni l'autre n'avaient une idée du nombre exact de ces contes. Peut-être en existe-t-il d'autres. Mais l'on ne saurait priver le public plus longtemps de douze titres dont dix n'ont figuré dans aucune bibliographie. On trouvera là un*

---

[1] Laurent Le Sage, A. B., M. A., Ph. D., est professeur de langues et littératures romanes à Pennsylvania State College, U. S. A. Études en Amérique et en Europe. Auteur de nombreuses études sur la littérature française, dont la plus récente, *Metaphor in the Non-Dramatic Works of Jean Giraudoux*, 1952, publiée par les Presses Universitaires de l'Université d'Orégon, il est chargé dans la *French Review*, de la rubrique « L'Année littéraire en France » et collabore régulièrement à diverses revues littéraires et érudites d'Amérique et d'Europe.

aspect différent du génie de Giraudoux, qui permettra une compréhension plus complète, plus large de son œuvre.

Les contes réunis dans ce volume parurent, à l'exception de celui présenté en appendice, dans les colonnes du Matin et de Paris-Journal, pendant une période d'environ quatre ans, 1908-1912. En 1908, Jean Giraudoux avait vingt-six ans. Il avait débuté comme écrivain quatre ans auparavant, en passant à un condisciple de l'École Normale un petit conte fantastique pour la revue Marseille-Étudiant, qui parut dans le numéro du 16 décembre 1904, sous le titre : Le Dernier Rêve d'Edmond About. Depuis lors Giraudoux composait et faisait publier dans différentes revues des contes et nouvelles dont la plupart forment la collection : Provinciales. Ce sont là des années très importantes pour sa formation intellectuelle et artistique. Parti comme boursier de l'État en Allemagne en 1905, il revint à Paris en 1906. Un échec, un peu voulu, aux examens d'agrégation d'allemand eut pour conséquence indirecte un séjour en Amérique : il fut lecteur de français à Harvard University, tout en continuant ses études sous la direction du grand germaniste Kuno Francke.

Rentré à Paris au cours de l'été 1908, il s'installa au Quartier Latin. Paul Morand et Jean-Marc Aucuy nous ont fait le portrait du jeune Giraudoux « américanisé » de cette époque. Ses manières de « Harvard student », ses superbes valises en peau de porc avec fermeture éclair, etc., remplirent tous ses amis d'admiration et d'envie.

Il s'agissait alors pour Giraudoux de se choisir une « situation ». Il avait déjà représenté Le Figaro en Allemagne et à Harvard, et tout d'abord le journalisme lui sembla indiqué. Il entra au Matin, grâce à l'amitié de Bunau-Varilla : Franz Toussaint et Giraudoux étaient nommés rédacteurs littéraires, leur fonction principale impliquant le renouvellement de la colonne des Contes des mille et un matins. Ils sollicitèrent des contributions de leurs amis, et Giraudoux y inséra de temps à *autre, le plus souvent sous la signature de Jean Cordelier ou J.-E. Manière, les pièces rassemblées dans ce recueil. Franz Toussaint, dans son livre* Sentiments distingués, *évoque leur carrière brève et mouvementée au* Matin. *Le choix imprudent de quelques contes, offerts par Charles-Louis Philippe et Toulet, provoqua un scandale retentissant, et plus de cinq cents abonnés protestèrent. Le rédacteur en chef se vit obligé de remercier les deux jeunes gens.*

Par delà le tableau d'une jeunesse gaie et insouciante que nous trace d'une plume nostalgique M. Toussaint, on peut soupçonner que l'expérience de ces quelques années n'a pas été des plus satisfaisantes pour Giraudoux. Son travail littéraire au Matin *et ailleurs l'avait plutôt déçu. Le problème de la « profession » restait sans solution. Il considéra un instant les possibilités de la grosse industrie et envisagea avec intérêt l'offre d'un homme d'affaires américain. Enfin il décida de suivre l'exemple de Morand et se mit à préparer les Affaires étrangères. En 1911, il entra au bureau d'études de la Presse étrangère. La période de tâtonnement est close. Il ne sera plus question d'études ni de journalisme. Le reste de la vie de Jean Giraudoux sera partagé entre deux carrières dont l'une, sans l'influence d'un rival « littéraire », Alexis Léger, eût été aussi brillante que l'autre : la diplomatie et la littérature.*

Il est peut-être curieux de remarquer que Jean Giraudoux, dont la réputation se fonde au premier chef sur un style poétique extrêmement particulier, était capable d'une prose sinon conventionnelle, du moins presque réaliste, – à l'exception du Premier Rêve *signé, qui est lui, au contraire, presque surréaliste – et qu'il pouvait, si besoin en était, raconter une histoire dans le genre « direct ». L'écrivain, qui prétendait n'avoir jamais pu créer un personnage ou considérer une action autrement que comme une divagation personnelle, présente, dans cette série de contes, une matière anecdotique dans une forme rigoureusement concise. Des deux éléments fondamentaux du génie de Giraudoux, la poésie et l'humour, le premier est à peu près absent. En revanche, l'humour, la fantaisie, éclatent sans contrainte. C'est un humour juvénile et truculent qui nous rappelle constamment que Giraudoux est encore étudiant, joyeux, blagueur. On y remarque déjà des procédés qu'il exploitera dans ses œuvres futures : emploi conscient du cliché à des fins humoristiques, calembours, métaphores cocasses, toutes sortes d'extravagances verbales. Et quelques-uns des thèmes, comme ceux du temps et de la destinée, que Giraudoux développera plus tard, sont déjà suggérés.*

Parmi les contes, un contraste par son tragique. C'est L'Ombre sur les joues, *histoire sombre ayant pour motif la lèpre en Islande. On y décèle l'influence du romancier danois J.-P. Jacobsen, dont le style impressionniste avait frappé et séduit Giraudoux lors de son séjour en Allemagne. La manière à laquelle Giraudoux s'essaie ici est assez bien réussie, mais elle n'aura pas de suite. Ceci est un autre exemple de la malléabilité, de la fluidité de son talent dès cette époque.*

Dix contes nous offrent une évocation charmante des années d'avant guerre. Le boursier qui avait quitté le Limousin pour venir étudier à Paris devint un autre « paysan de Paris », enchanté par ses rues, ses parcs, ses monuments. Des scènes familières servent de toiles de fond ; thèmes et sujets semblent tirés de faits divers. Tout pénétrés de la douce ironie que matérialisait si bien le fameux sourire de Giraudoux, ils font revivre le Paris de la belle époque. Le voyage en Amérique est prétexte à deux petites satires qui auraient fait d'excellents scénarios pour Charlie Chaplin.

Écrits pour le grand public longtemps avant que les deux publics n'en fussent devenus qu'un pour lui, les contes de Giraudoux sont peut-être à l'écart dans son œuvre. Non seulement leur importance mais aussi leur qualité nous paraissent évidentes. Témoignage de la jeunesse de Giraudoux, ils sont également celui de la jeunesse d'un siècle.

LE CYCLOPE[2]

Le vingt et unième jour, Ulysse et ses compagnons s'aperçurent que les vivres finissaient par manquer. Quelques matelots africains s'étaient même attaqués aux fourrages, ce qui enlevait jusqu'à la ressource suprême de tirer à la courte paille. Par bonheur, le plus favorable des vents poussa le navire sur une île où ils se repurent de coquillages, qu'ils arrosèrent d'une succulente eau de source. Ils fumaient du varech à la seule ombre qu'ils aient pu trouver, celle d'une caverne, quand un fracas effroyable les fit tressaillir.

– Voilà ma veine, dit l'astucieux Ulysse ; pour une fois, depuis dix ans, que je fume ma pipe en repos, il me faut tomber sur une île volcanique.

Le médecin du vaisseau, Hydrophonte, le rassura.

– Astucieux Ulysse, dit-il, ce n'est pas un volcan qui tousse, mais le Cyclope. Il serait aussi faux de conclure que cette île est inhabitée, parce qu'elle est sans végétation, que de croire désert le cerveau du vieux Nestor, que nulle chevelure ne recouvre. Elle est la terre d'une race de géants, appelés Cyclopes parce qu'ils ont quarante pieds de haut, un œil unique au milieu du front, et se nourrissent de laitage, quand l'occasion ne leur amène point, comme aujourd'hui, un quarteron de ces Grecs, dont la chair, comme on le sait, est réputée.

* * *

---

[2] *Le Matin*, 27 septembre 1908.

Il dit, et un troupeau de brebis gigantesque se précipita dans la caverne, poussant devant lui un troupeau d'ombres plus terrible encore. Le géant apparut dans l'embrasure de la porte de rochers. Il n'était plus possible de fuir. L'astucieux Ulysse s'avança et prononça des paroles ailées :

– Ô Cyclope, dit-il, ce n'est pas deux, ce n'est pas quatre, ce n'est pas six yeux qui suffiraient pour admirer Celui que tu plaças, avec tant d'à-propos, au milieu d'un front qui paraîtrait peut-être dégarni, puisque tes cheveux battent une savante retraite vers le derrière de ta tête. Ton œil est le bouclier contre lequel se brisent les rayons, flèches d'Apollon. Ton sourcil, pendant ton sommeil, est l'arc d'ébène que bande Astarté, déesse de la nuit ; les sources de cristal sont les monocles que tu en laissas négligemment tomber. Tu es un sujet d'envie pour Thersite qui, même depuis qu'il est borgne, continue à loucher, pour Junon, dont les yeux sont bigles, et pour l'Amour lui-même qui, dans le désir de te ressembler, s'apposa sur l'œil droit un bandeau qui glissa aussi, le maladroit, sur l'œil gauche.

Le Cyclope, flatté, s'inclina, et les matelots, agitant leurs bras comme une trirème agite ses rames, s'écrièrent :

– Hourra ! Hourra ! Hourra pour le Cyclope ! L'Amour essaie de lui ressembler. Mais autant vouloir manger le potage de Corinthe avec de petits bâtons. L'Amour peut se cacher, fût-ce dans les bosquets de lauriers-roses.

Le Cyclope cligna de son œil et parla par borborygmes :

– Étranger, tu as la langue bien pendue. S'il est permis avec toi de n'avoir qu'un œil, il ne l'est pas de n'avoir qu'une oreille !

Alors les matelots claquèrent des mains, et gesticulèrent, se regardant, comme des figurants sur une scène d'opéra, quand le ténor affirme que sa fiancée est plus blanche que l'hermine.

– Ce n'est pas du miel qu'il y a sur les lèvres du Cyclope, comme sur celles du vieux Nestor, s'écrièrent-ils ; ou alors, c'est du miel où l'abeille oublia son aiguillon. Il a de la repartie comme un diable !

– Étrangers, dit le Cyclope, j'aime l'à-propos de vos discours. Je m'en voudrais de vous cacher qu'un jour viendra où vous me servirez de pâture. Mais que cela ne nous empêche point d'être amis. La cuisinière alerte tuera les poules, mais elle est la bienvenue dans la basse-cour, et la gent ailée, à l'envi, piaille de joie à sa vue.

* * *

Alors l'astucieux Ulysse et ses compagnons crièrent :

– Il a raison. Piaillons à l'envi ! L'enfant de Troyen qui affirmera que la cuisinière alerte n'est pas la meilleure amie des poules, nous lui enfoncerons dans sa bouche menteuse, à coups de maillet, une énorme betterave de Smyrne.

Le Cyclope roula quelques rochers devant la porte et s'assit.

– Et toi, dit-il, qui as la langue agile comme un python pendu par la queue, quel est ton nom ?

– Je m'appelle Personne, répondit Ulysse.

Le Cyclope s'étendit sur le foin et but quelques tonneaux de vin où Hydrophonte avait jeté, par précaution, un puissant narcotique.

– C'est un nom américain, fit-il, mais peu me chaut. Dis-moi, mon vieux Personne, dis-le-moi entre trois yeux, as-tu jamais aimé ?

– C'est selon, répondit l'astucieux Ulysse.

– Par aimer, reprit le Cyclope, j'entends être brûlé jusqu'aux moelles, écrire son nom dans la mer avec des quartiers de montagne habilement disposés, et, selon les circonstances, être partagé par l'envie de broyer l'objet aimé soit sur son cœur, soit sous un bon coup de massue.

– Voire, dit Ulysse, il y a dans l'amour à boire et à manger.

– L'objet aimé, continua le Cyclope, est, dans l'occurrence, la plus charmante petite nymphe qui ait foulé notre mère la Terre de ses pieds polissons. Mais je ne puis indiquer mon désir par des œillades et, quand je fais des vers, il n'y a que le premier qui rime.

– Pardon, demanda Ulysse, est-ce pour le bon motif ?

– Pour un meilleur encore, dit le Cyclope. Je suis bigame, et j'épouse, si c'est une condition, toute la famille. La mère est, ma foi…

– … Croustillante, souffla Ulysse.

– Non, reprit le Cyclope, c'est la sœur qui est croustillante. Mais je l'épouse aussi. Explique cela dans des vers que tu me feras.

Alors les matelots n'y tinrent plus, et crièrent :

– Hourra ! Hourra pour le Cyclope ! Il la connaît dans les angles. Son œil est l'astre autour duquel gravitent toutes les prunelles des nymphes. Que la sœur croustillante prenne bien garde à elle, quand elle ira baigner dans la mer ses petits pieds polis, semblables à des osselets.

Mais le Cyclope, étendu sur sa couche de foin, ronflait déjà. Les actifs matelots s'occupèrent à faire rougir la pointe de fer d'un énorme épieu. Les brebis, prévoyant un malheur, émettaient plaintivement la seconde lettre de l'alphabet.

– Attention, dit Ulysse, ayons l'œil, et le bon.

Six vigoureux gaillards soulevèrent la poutre et, au commandement de trois, l'enfoncèrent dans l'œil gigantesque, fermé comme une trappe sur les caves du sommeil. L'œil crissa, bouillit, rougit, déborda, comme une poêle dans laquelle on fait sauter une anguille au vin. Le Cyclope se mit sur son séant, sauta sur ses pieds, puis en l'air, et se mit, hurlant, à courir en rond. Les moutons, effrayés, galopaient devant lui.

« Le salaud s'est réveillé », se dit l'astucieux Ulysse.

Le blessé poussait des cris auprès desquels les éclats de voix de l'acteur national Andocide, l'interprète de Sophocle, ne sont que des vagissements. Les Grecs, eux, affectaient négligemment de se tenir cois.

« Cause toujours, pensait Ulysse, tu m'intéresses. »

Le Cyclope causa et tourna en rond six heures et six autres heures encore. Puis, comme les brebis, fatiguées, s'étaient laissé choir et haletaient, il eut peur de les piétiner, et, accroupi au centre de la grotte, il se contenta de rugir, lançant parfois ses mains, au hasard, à droite ou à gauche. Mais il ne pouvait attraper que des crabes, que les compagnons d'Ulysse avaient pêchés sur le rivage, et qu'ils s'amusaient à lui tendre au bout d'une baguette. Bientôt, les autres Cyclopes, attirés par les beuglements, s'assemblèrent devant la caverne.

– Hé ! Cyclope ! demandaient-ils, qu'est-ce qui t'arrive ? Qu'as-tu à ameuter ainsi les personnes ? Quel est le malotru qui t'a fait du mal ?

– Qui voulez-vous que ce soit, hurlait-il. C'est Personne.

Malgré sa douleur, il affectait de prononcer le mot avec l'accent américain, les voisins secouaient la tête en riant.

– Ce Cyclope ! faisaient-ils, en montrant du doigt la partie de leur front où les simples mortels n'ont pas d'œil, nous avons toujours dit qu'il avait quelque chose là !

Et ils regagnaient leurs clos en lutinant leurs compagnes.

« Par Zeus, pensait Ulysse, le colin-maillard menace de traîner en longueur. J'avoue que je préférerais un partenaire plus mutin, ne fût-ce que Nausicaa. Voilà déjà le soir. Notre hôte prend trop à la lettre les devoirs de l'hospitalité ; il devrait sortir, c'est l'heure du berger. »

* * *

Mais les brebis, dont la faim se réveillait, bêlèrent, et le Cyclope fut ému de pitié. Il se traîna à la porte de la caverne, écarta quelques rochers, avec mille précautions, et les laissa passer. Sous le ventre de chacune, à la laine touffue, s'était accroché un matelot, et tous se glissèrent ainsi vers la lumière du jour. Ulysse s'était blotti sous le bélier, qui venait à la fin, et son cœur s'arrêta, car le Cyclope se consola quelques minutes à caresser son favori.

– Cher bélier, disait-il, c'est toi et non un autre qui seras désormais mon œil vénérable. Ramène chaque soir ton troupeau comme un roi qui pousse ses sujets devant lui, et tue de tes cornes, semblables à celles de Zeus, le loup, le chacal et le lynx que Pluton emporte !

Il dit. La trirème appareillait déjà, et les rangées de rames se levaient lentement et alternativement comme les pattes d'une langouste qui s'éveille. Le Cyclope, prévenu par le crissement des voiles et du gouvernail, se précipita sur le rivage et lança dans la direction du bruit des quartiers de montagne. Mais Zéphyr emportait l'embarcation vers le nord. L'astucieux Ulysse mit ses mains en cornet devant sa bouche, et comme on était déjà au large, il fit venir dix hommes qui disposèrent devant lui leurs mains en porte-voix.

– Adieu, Cyclope, cria-t-il, et sans rancune. Apprends qu'il est prudent d'avoir un second œil, ne fût-ce que pour pleurer le premier, et crains les Grecs, même lorsqu'ils n'apportent pas de cadeaux !

Même pour ceux qui voyaient, le navire avait disparu. Alors, le Cyclope regagna sa demeure d'un pas trébuchant. À la porte de la caverne, les brebis qu'il n'avait pu traire la veille s'étaient assemblées et traînaient sur les galets leurs pis douloureux. Il les appela une par une, par leur nom, et s'acquitta de son office de berger. De grosses larmes salées tombaient dans le lait crémeux qui caillait aussitôt, et il fit ce jour-là le plus délicieux de ses fromages.

J.-E. MANIÈRE.

L'HOMME QUI S'EST VENDU[3]

SCÈNE : Celle de la Cour d'Assises.

PERSONNAGES : Ceux de la Cour d'Assises.

LE PRÉSIDENT. – Accusé, votre nom.

L'ACCUSÉ. – Je me recommande à l'indulgence du jury. *(Avec embarras.)* Je m'appelle du nom de l'évêque qui fit condamner Jeanne d'Arc et la fit brûler sur le bûcher, l'ignoble canaille, vers 1428.

LE PRÉSIDENT. – Vous n'êtes pas ici devant un jury de baccalauréat. Taisez-vous. Votre nom ?

L'ACCUSÉ. – Eh bien ! puisque mon président insiste, je jure de dire la vérité, et toute la vérité. *(Hésitant.)* Je m'appelle Port avec un « t ». Mon prénom... c'est celui d'un souverain qui, pour appartenir à la nation qui brûla Jeanne d'Arc, n'en est pas moins...

LE PRÉSIDENT, *l'interrompant.* – Accu...

L'ACCUSÉ, *vivement.* – Édouard, mon président, je m'appelle Édouard.

---

3 *Le Matin,* 11 octobre 1908.

LE PRÉSIDENT. – Vous avez tué, à coups de couteau, le directeur des docks de Californie, non sans avoir eu vous-même un bras cassé dans la bagarre. Qu'avez-vous à dire ?

L'ACCUSÉ, *sec.* – La victime était en état de légitime défense.

LE PRÉSIDENT, *sévère.* – Si le badinage messied en quelque lieu, c'est bien au front de l'assassin qui va être condamné à mort. Je vous interdis jusqu'au verdict toute plaisanterie et toute allusion à Jeanne d'Arc.

L'ACCUSÉ. – Alors, je jure de me taire, de taire la vérité, et rien que la...

LE PRÉSIDENT. – Je vous retire la parole, et je la donne au ministère public.

LE MINISTÈRE PUBLIC. – Oh ! Permettez, monsieur le Président, ce n'est pas la même. Ma parole, à moi, ce sont les veuves, les orphelins, le jury, tous ceux, en un mot, qui sont susceptibles ce soir de tomber sous le couteau ou le coup du père François, qui me la donnent, et elle sera brève : il ne faut toucher qu'avec des gants ceux qui portent menottes. Cet individu a tué, vous le tuerez ! Vous le guillotinerez, jusqu'à ce que mort s'ensuive ! Notre société sait être juste quand il s'agit d'un va-nu-pieds.

LA DÉFENSE, *bondissant.* – Je crois qu'on insulte mon client. Cela, je ne peux le permettre.

LE MINISTÈRE PUBLIC, *énergique.* – Je maintiens le mot : individu.

LA DÉFENSE. – D'ailleurs, monsieur le Président, il ne s'agit pas ici de mots. J'admets parfaitement, et Édouard Port ne le contestera pas, qu'il est le plus sinistre des gredins. Mais il y a des circonstances atténuantes, même pour les coupables ! Mon client n'a pas cherché à fuir la responsabilité de son crime, à le rendre en quelque sorte anonyme, en se mettant, pour le perpétrer, en costume d'Adam. Non, messieurs les jurés ! Il avait des sabots, il avait un pardessus qui, à lui seul, pesait cinq kilos cinq cents, et voilà, aux pièces à conviction, sa chemise et son gilet de laine. Vous diminuerez donc au moins de sa peine la condamnation que lui aurait value le fait de se promener sans vêtements. Assassin ? Eh bien ! oui ; le plus sinistre des assassins ? Eh bien ! soit ; mais, grâce à Dieu, pas satyre !

L'ACCUSÉ, *ému.* – Merci, mon avocat, merci. Si Jeanne d'Arc avait été défendue par vous, il n'y aurait pas tant d'Anglais à Paris !

Le Président. – Taisez-vous !

L'ACCUSÉ. – Je me tais, mais c'est pour demander la parole. Mesdames, Messieurs. *(Il tousse.)* Je vous prie d'excuser l'émotion inséparable d'un début. C'est la première fois que j'ai l'honneur de parler en public. Je demande donc, si je ne trouve pas mes mots, la permission de m'interrompre. D'ailleurs, malgré l'automne, l'air est chargé de cette chaleur électrique qui fait les orateurs. Je tremble mais ce n'est pas de froid, c'est de peur.

Mon histoire se résume en un mot : je suis l'homme qui s'est vendu.

Je m'aperçus, la veille du dernier des vingt-six termes que je n'avais pas payés, que ma poche était vide. Je n'en fus pas autrement surpris, car cela m'était déjà arrivé, et, toute ma vie, j'ai toujours eu cinq sous de moins que le Juif errant. Mais le Français est né prévoyant. Je voulus prévoir. Ayant lu dans un journal que certains magasins américains avaient acheté en toute propriété des hommes-sandwiches, j'allai me proposer à feu le directeur des docks de Californie. Il accepta et je me vendis pour mille francs.

Ne vous vendez jamais, Mesdames et Messieurs. Ma première impression fut telle que je demandai un jour de vacances et, triste, je m'en fus faire un dernier tour sur les boulevards. « Promène-toi ; tu promènes un autre. » Il me semblait, en effet, que j'étais deux ; nous prîmes quelques paires d'absinthes (gommée, ça efface la précédente) et, au retour, je m'attardai aux becs de gaz pour voir mon ombre qui s'allongeait sur le trottoir à perte de vue ; je la raccourcissais, l'élargissais, en tournant autour du bec. Des agents voulurent m'en chasser, mais j'avais bien le droit de m'amuser avec mon ombre : je ne l'avais pas vendue.

Au bout de huit jours, d'ailleurs, ça n'allait plus. Feu le directeur émit la prétention de m'affecter au cirage des parquets, puis à l'ascenseur. Je lui dis son fait : « Patron, lui dis-je, il y a erreur : il fallait me regarder avant de m'acheter. Si j'avais voulu travailler, je ne me serais pas vendu, aliénant ainsi mon capital.

« Il s'agit de distinguer : je ne suis pas un ouvrier, un homme de peine ; je suis un homme de luxe. On ne fait pas travailler sa levrette. Mettez-moi un paletot à vos initiales. C'est tout ce que je puis pour votre service. » Le patron riait de toutes ses dents, c'est-à-dire jaune ; et, désormais, au lieu de me bourrer les côtes en m'appelant : « Eh bien ! fils d'esclave ! » ou : « Comment va, mon vieux vendu ? » il soulevait son chapeau à mon approche. C'était ridicule.

Par surcroît, il y eut l'histoire d'Adèle. Adèle, vous l'avez déjà deviné, est une femme, mais son nom n'exprime que bien faiblement sa capiteuse beauté. Je l'aimais, elle m'aimait. Elle était mon bijou, et j'étais sa joie. Nous étions ensemble comme les deux doigts de la main. Quand j'étais en pourparlers pour me céder, elle sut m'exhorter comme savent le faire les perfides créatures. « Jamais une femme, protestait-elle, n'abandonnera un homme qui se sacrifie de la sorte. Vois Joseph, vendu par ses frères. Des reines lui tendirent la main. Et ne te cède pas à moins de mille francs. Tu es une occasion. » Mais quand j'eus endossé la veste de la servitude, ce fut une autre paire de manches. Le huitième jour, messieurs les jurés, elle me servit à souper une omelette brûlée. Le neuvième, elle avait disparu avec les neuf cents francs qui me restaient.

Je décidai donc, pour me redorer, de vendre mon corps à l'Institut anatomique. La Science, d'ailleurs, c'est mon fait. J'ai fait le premier radium qu'on ait exposé, et j'ai ouvert les portières, trois ans de suite, au Congrès international des Sociétés savantes, des chics types qui viennent à l'Académie pour apprendre le français. On me proposa cent cinquante francs, moyennant quoi j'autorisais le docteur X..., inventeur des rayons Z..., à faire, après ma mort, des expériences sur la plante de mes pieds. Je ne suis pas chatouilleux. Je signai.

Mais, dès le lendemain, je reçois une lettre anonyme de mon patron, où il m'annonce qu'il ne supporte pas plus longtemps que je m'amuse à me vendre pour me payer sa tête. Je bondis dans son antichambre. Il refuse de me recevoir.

Je bondis ainsi quinze jours de suite. En vain. Alors, messieurs les jurés, je devins irresponsable, et je me décidai à vider dans le sang notre querelle. J'achetai chez un antiquaire de mes amis le couteau avec lequel Jeanne d'Arc fit passer à Marat le goût du bain ; j'attendis jusqu'à cinq heures de l'après-midi, car je savais que le patron n'aimait pas être dérangé pendant sa digestion ; le reste appartient au domaine de l'histoire. On a reconstitué devant vous la scène et la victime.

Telle est, messieurs les jurés, l'odyssée de l'homme qui s'est vendu. C'est à vous, maintenant, qu'il appartient. *(Gracieux.)* Ceci n'est pas une menace. Je voudrais simplement faire une ultime remarque : si vous me condamnez à mort, il ne manquera pas d'envieux pour vous prétendre soudoyés par l'Institut anatomique.

JEAN CORDELIER.

LE BANC[4]

Polyte Rigollet, si ses goûts ne l'avaient pas poussé vers une autre carrière, eût fait un fonctionnaire modèle, car il avait les deux qualités essentielles qui caractérisent l'administration que l'Europe nous envie, et celle que nous ne lui envions pas, le souci de sa dignité et l'horreur du changement. Il entendait ne pas bouger du banc qu'il avait choisi, voilà bientôt dix ans, à l'extrémité du pont des Arts, pour y exercer sa profession d'aveugle-né. (Il était, en effet, venu au monde les yeux collés et n'avait vu le jour qu'à partir du troisième.) Son siège était pour lui ce qu'était, pour ses voisins de l'Institut, leur fauteuil. Il l'astiquait toutes les semaines et, une fois l'an, il le passait au ripolin. Le jour où la peinture séchait, il se tenait simplement debout, et se contentait de retourner sa pancarte sur laquelle on pouvait lire : « Prenez garde à la peinture. » Nénesse Langoury, le cul-de-jatte, qui changeait d'arrondissement comme de chemise, quelquefois même tous les mois, ne parvint pas à l'entraîner au Palais-Royal.

– Nénesse, lui répondit le sage, il t'est permis, à toi, d'avoir l'humeur voyageuse. Tu ne sais pas ce que c'est que de se fatiguer les jambes ; tu ne sais même pas ce que c'est que de les laisser reposer, même lorsqu'elles ne sont pas fatiguées. Partout où tu vas, c'est le trottoir roulant, tu peux redescendre de Montmartre sans même te servir de tes fers à repasser. D'ailleurs, je n'aime pas demander l'aumône à des gens que je ne connais pas. Et puis, le client n'aime pas le changement. Il

---

4 *Le Matin*, 25 octobre 1908.

préfère – salue, Nénesse, c'est le directeur de la Grande Académie, – il préfère donner ses cinq centimes à un habitué, le sût-il pochard, qu'à un autre, qui l'est peut-être aussi. Le client n'aime pas être roulé ; au moins, avec le premier, il sait ce qui en retourne, et ça le flatte, au fond, de le savoir. N'insiste pas, Nénesse, je suis à mon banc, j'y reste.

Nénesse s'éloignait, à demi convaincu, avec son air de perpétuel enlisé, quand une vieille femme s'assit sur le bout libre du banc. Elle avait une belle coiffe blanche, des sabots neufs et un fichu de luxe qu'elle croisa avant de croiser définitivement ses mains. Au bout d'un quart d'heure, comme elle ne pipait pas, Polyte décida de lui adresser la parole. La femme, c'est bavard, mais ça veut de l'encouragement.

– Un bon banc, hein ? C'est rembourré avec les noyaux de pêche laissés pour compte par les chemins de fer.

Elle le regarda, mais ne répondit pas. Polyte n'en fut pas vexé. La femme, c'est méfiant. Et ça a raison ! Il y a tant de sacripants qui ont fini de bien faire.

– C'est du bois comme on n'en fait plus, ajouta-t-il plus cordialement encore, en appliquant une tape vigoureuse sur le dossier.

La bonne femme sursauta, le fixa d'un air furieux, mais ne broncha point. Celui qui lui avait coupé le fil avait volé ses vingt sous. Polyte n'insista plus ; la vue d'un client attitré, qui se rendait à la Monnaie, vint le distraire.

Mais un prodigieux étonnement empêcha sa bouche, qui s'était largement fendue pour un sourire, de revenir à sa position normale ; l'habitué avait mis la pièce dans le tablier de la voisine.

– Y a erreur, hasarda Polyte, c'est moi, l'aveugle.

La vieille le toisa :

– Vous, fit-elle, la paix. Les bancs sont à tout le monde et pas à monsieur. Je tiens à mendier sur ce pont ; ma famille loge au-dessous.

Polyte ne dit rien, mais il en pensa davantage. Il cherchait déjà les moyens de reconquérir son domaine. Il en avait le droit ; il en avait aussi le devoir ; son banc ne dépendait-il pas, en somme, d'un Institut où les femmes ne sont pas admises ?

* * *

Polyte, avant l'expropriation, accorda quelques jours de répit, comme l'État. Il se contenta, la première semaine, au lieu de cracher dans la Seine pour faire des ronds et voir si l'eau était pure, de cracher autour de lui, de pincer à la dérobée le petit chien que la vieille installait au milieu du banc et de déplier, vers quatre heures, un roquefort dont le parfum s'accrochait, plus tenace qu'un feu grégeois, au banc, au pont, et à tout l'après-midi. Mais la vieille restait muette, sourde, insensible d'odorat, le vrai monopole enfin de toutes les infirmités laissées libres par son voisin. Elle souriait cependant quand les âmes charitables la prenaient, elle et son chien, pour les compagnons de Polyte, et lui donnaient leur sou en disant : « Pauvre aveugle ! »

Un lundi, l'aveugle se décida à lancer son ultimatum sous la forme d'un clou à percer, qu'il enfonça de grand matin par le dessous du banc, et sur lequel la vieille, en s'asseyant, posa une main imprudente.

– Faut faire saigner, conseilla Polyte, avec une fausse compassion.

Elle ne se fit pas saigner et, cependant, n'en mourut point.

Le lendemain réservait à Polyte une occasion inespérée de victoire. Un homme se déshabilla sur le pont ; les agents des mœurs arrivaient quand il se précipita dans la Seine ; les agents des mœurs allèrent donc prévenir leurs collègues de la brigade fluviale. La brigade fluviale trouva le noyé debout sur une borne et haranguant la foule dans une langue tellement étrangère qu'elle se retira pour mander des collègues interprètes. La vieille n'avait pu résister aux sollicitations de la curiosité, et, à son retour, elle trouva sa place occupée par Nénesse que Polyte avait hissé à grand'peine et qui, accroupi en sphinx, semblait poser à la vieille une insolente énigme à laquelle elle répondit par le sergent de ville :

– Faut voir à descendre, dit l'agent, on ne monte pas sur les bancs.

– Je monte pas sur les bancs, dit Nénesse, je suis assis.

L'autorité a ceci de particulier que son propre rire ne la désarme pas. Elle prit Nénesse dans ses bras et le posa paternellement à terre. Vexé, il s'éloigna à grandes brassées.

Le mercredi, Polyte décida de ne pas regarder à la dépense. Il se leva avant l'aurore et, pendant qu'elle rougissait aimablement la Seine, il passa, lui, son banc au rouge !

La vieille vint, s'assit d'un coup, mais pour se relever immédiatement, criant, pleurant, ameutant la foule en montrant ses paumes ensanglantées de ripolin et le dessous de son chien qui s'était, lui aussi, assis prématurément. Polyte, qui avait retourné sa pancarte, semblait impassible comme le musée Grévin tout entier et, cependant, au fond de son âme, se jouait une des scènes les plus émouvantes de l'Ambigu. La vue de cette femme désolée, la crainte, surgie subitement, d'une indemnité, avaient apaisé d'un coup sa haine. Il comprenait qu'il n'y a qu'une façon de se débarrasser des femmes : c'est de se marier. Peut-être ne serait-il pas le maître chez lui, mais il y serait si rarement. Et le banc, le banc serait libre.

Voilà pourquoi, quinze jours plus tard, on pouvait lire sur le dossier l'affiche suivante :

« L'aveugle-né et la sourde sont absents pour cause de même mariage. »

* * *

Les trois premières semaines de la lune de miel furent délicieuses. Polyte les passait sur son banc, tout seul, s'y allongeant quand tombait la nuit. Mais il n'y a pas, en ce monde, de bonheur durable. Avoir une fois affaire avec les femmes, c'est comme avec les gendarmes et les usuriers : on en a pour toute la vie. Il constata un beau matin que le bout du banc était occupé par une agréable personne qui, aux charmes corporels les plus évidents, joignait une intelligence toute moderne, puisqu'elle offrait une prime à ceux qui lui faisaient l'aumône, sous la forme d'un bouquet de violettes.

– Que n'est-elle venue la première ! se dit Polyte.

On peut lutter avec la femme, mais pas avec la beauté. L'aveugle, ce jour-là, ne fit qu'un sou. Le lendemain, il fit moins encore. Le surlendemain, vers midi, il désespéra. Il plia son coussin, caressa une dernière fois le dossier du banc et se leva. L'Institut étendait ses ailes sur les hercules et les bouquinistes, comme une poule les étend sur ses poussins. La Seine roulait à sa surface des millions de poissons d'argent. Alors, d'un pas délibéré, il quitta le pont des Arts. Henri IV aura moins d'allure et de grandeur au jour d'expropriation qui le chassera du Pont-Neuf.

Mais c'est l'éternelle histoire. Ce qu'une femme a brisé, une femme le répare.

Ce fut Mme Polyte qui reprit le banc, et elle mena si dure vie à la marchande de violettes que celle-ci vient de faire faillite et a dû entrer dans le commerce.

JEAN CORDELIER.

D'UN CHEVEU[5]

Je sortais des bras de Mme Sherlock Holmes, quand je tombai, voilà ma veine, sur son époux.

– Hé ! bonjour ! fit l'éminent détective. On dîne avec moi ? Voilà des siècles qu'on ne vous a vu !

Quelque chose de mon émotion transparut sur mon visage. Sherlock sourit finement :

– Je vois ce que c'est, dit-il, Monsieur va chez une amie.

Si je disais non, j'avais l'air de faire des mystères. Si je disais oui, j'avais l'air de vouloir l'éviter. Je répondis donc, peut-être un peu précipitamment, que l'amie en question pouvait parfaitement attendre ; que, si je n'arrivais pas à huit heures, ce serait à neuf, et que, d'ailleurs, si elle n'était pas contente, je ne rentrerais pas du tout.

Sherlock, pour toute réponse, posa les mains sur mes épaules, me fixa, et dit :

– Ne bafouillez pas, cher. Je vous avais tendu un piège. Vous sortez d'un rendez-vous !

Un frisson parcourut mon corps et sortit par mes cheveux, qui se dressèrent.

Par bonheur, il ajouta :

---

5 *Le Matin,* 9 novembre 1908.

– Mais trêve de plaisanterie. Allons au restaurant. Désolé de ne pas vous emmener chez moi, mais on ne m'y attend pas. La bonne a son jour.

Je me crus sauvé. Mon ami rêvait bien sur son potage, mais je mettais ses rêveries sur le compte de quelque professionnel du vol à la tire et du vagabondage spécial. Soudain, du pied, il cogna légèrement ma cheville.

– Voilà la preuve, fit-il.

Cela le reprenait.

– La preuve indéniable, la preuve irréfutable, expliqua-t-il, que vous sortez bien d'un rendez-vous : vos bottines sont à demi reboutonnées : ou vous avez été surpris en flagrant délit, hypothèse inadmissible, car une main de femme noua à loisir votre cravate, ou votre amie appartient à une famille où l'on n'use point du tire-bouton, une famille anglaise, par exemple[6]. J'affectai de sourire.

– Toute femme, insinuai-je, a des épingles à cheveux. Une épingle à cheveux remplace avantageusement un tire-bouton.

– Votre amie n'en a pas, laissa-t-il tomber. Vous ignorez peut-être que certaines Anglaises ont formé une ligue contre les épingles à cheveux. D'ailleurs, sans chercher si loin, les femmes qui portent perruque ne s'en servent pas. Je suis payé pour le savoir. Ma femme est du nombre.

– Ah ! fis-je.

Il s'amusait évidemment à me torturer. De plus, l'imbécile m'avait placé dos à la fenêtre, et il en venait un courant d'air qui

---

[6] Les Anglais et les Anglaises, on le sait, affectent de ne porter que des souliers découverts et à lacets, dits Richelieu.

me pénétrait jusqu'aux moelles. J'éternuai. En tirant mon mouchoir, j'en fis tomber un second, orné de dentelles, un peu plus grand qu'une feuille et un peu moins grand que ma main. Sherlock le posa sur la table, et s'abîma à nouveau dans ses contemplations.

– C'est un mouchoir de femme, prononça-t-il enfin.

Puis il sourit.

– Enfant ! fit-il. Vous vous laissez trahir par un mouchoir. Depuis Iago et Othello, ce genre d'accessoires n'appartient plus qu'à l'opérette. Mais je ne veux pas être indiscret. Me permettez-vous de l'examiner ?

– Vous pouvez, balbutiai-je bêtement ; il est propre.

Je sifflotai pour me donner une contenance, puis, comme j'avais par cela même l'air d'en chercher une, je me tus. On aurait entendu voler les mouches. Mais les sales bêtes, intimidées, s'en gardaient bien. Mon cœur, en quatrième vitesse, ronflait au milieu de ce silence comme un moteur. Sherlock but un doigt de bordeaux, en rebut un second doigt, et posa un des siens, l'index, sur le mouchoir.

– C'est la femme de quelqu'un qui se méfie et qui est malin, fit-il. Il n'a pas d'initiales.

J'avalai de soulagement deux grands verres d'eau. Sherlock respira le mouchoir, et l'approcha délicatement de mon nez.

– Qu'est-ce qu'il sent ? demanda-t-il.

Il sentait le Congo si affreusement qu'on pouvait prendre pour du pigeon la bécassine faisandée de quinze jours qu'on nous servait. C'était en effet le soir de l'ouverture de la chasse.

– Ce qu'il sent ? murmurai-je.

Heureusement, Sherlock n'écoute pas ses interlocuteurs. Les questions qu'il leur pose sont des réponses qu'il se fait.

– Pour moi, raisonna-t-il, il ne sent rien. C'est donc un parfum auquel je suis habitué. Celui du Congo, par exemple : celui de ma femme.

Ceux qui n'ont jamais été pris dans une machine à battre ou passés au laminoir ne pourront jamais concevoir quel étau broyait mon cœur. Je me penchai sur mon assiette et essayai de me trouver de l'appétit, dans un de ces silences qui doublent de hauteur la colonne d'air que supportent nos épaules. Sherlock continuait à me fixer.

– Un cheveu, fit-il.

Je me penchai vers son assiette.

– Ce n'est pas un cheveu, dis-je. Du poireau, sans doute.

Sans répondre, il se leva, allongea la main vers moi et me présenta, entre le pouce et l'index, après l'avoir cueilli sur le col de mon paletot, un fil doré, soyeux, souple, bref un de ces cheveux qui font si bien sur l'épaule de l'amant, quand toutefois la tête de l'aimée est au bout.

– Eh bien, dit-il, qu'est-ce que cela ?

– Ça, fis-je, d'un ton que j'aurais voulu indifférent, mais qui malgré moi prenait des allures provocantes, vous l'avez dit vous-même, c'est un cheveu !

Il le posa sur la nappe blanche. Je profitai des facilités que me donnaient le courant d'air et la rêverie de mon bourreau, pour diriger un éternuement dans la direction du cheveu qui s'éleva, ondoya comme un serpent sur sa queue, sans pourtant, l'infâme, quitter la table.

– Rééternuez, commanda Sherlock Holmes, qui avait perçu évidemment mon manège.

Je la trouvai mauvaise.

– Si vous tenez à ce que j'éternue, protestai-je, éternuez vous-même.

Il éternua. Le cheveu s'éleva, ondoya (voir plus haut).

– C'est bien un cheveu de perruque, conclut-il, la racine colle !

Le cheveu était retombé en travers et nous séparait comme un cadavre. Il me paraissait plus long encore mort que vivant.

Sherlock vida son verre et s'en saisit comme d'une loupe, malgré mes efforts pour lui verser un chablis, d'ailleurs exécrable.

– C'est bien un cheveu de ma femme, dit-il.

Je dissimulai ma terreur sous le voile d'un aimable badinage.

– Eh ! eh ! marivaudai-je, Mme Sherlock est jolie. Vous me flattez.

Il me regarda d'un air de commisération.

– Pauvre ami, fit-il, une Irlandaise qui a traîné tous les bars.

La mort valait mieux que l'incertitude. Je n'aime pas mourir à petit feu. Surtout en présence d'un garçon stupide qui vous écoute en vous servant. Je congédiai l'intrus dans les règles.

– Et vous, fis-je en me levant et en fixant Sherlock, expliquez-vous !

C'était prendre le taureau par les cornes. Mais j'aurais fait plus encore.

Mon adversaire, d'ailleurs, ne sortit pas de son ironie déférente.

– En deux mots, dit-il. Vous sortez d'un rendez-vous et vous vous troublez à ma vue, donc, vous avez intérêt à ce que je ne connaisse pas celle qui vous prodigue ses faveurs. Vos bottines sont défaites, donc... vous ne les avez pas reboutonnées. C'est le jour où ma bonne s'absente et laisse ma femme seule. Vous sortez un mouchoir qui appartient à ma femme. Je trouve sur votre épaule un cheveu de sa plus belle perruque. Donc...

Mes yeux ne firent qu'un tour. Le temps passait en raison inverse du battement de mon cœur.

– Donc, reprit Sherlock, qui me fixait toujours avec les yeux du boa qui va engloutir son bœuf... Donc... concluez vous-même.

Je conclus en me renversant sur mon fauteuil et en caressant fiévreusement la crosse de mon revolver, un excellent browning à douze coups. Quelle bêtise de ne jamais le charger !

– Donc... dit Sherlock froidement (avouez-le, mon pauvre ami, je ne vous en veux pas). Vous êtes... l'ami de ma bonne !

– Garçon, criai-je. Où diable vous cachez-vous ! Il y a une heure que je vous appelle ! Apportez du champagne !

JEAN CORDELIER et CH. AIVRARD.

AU CINÉMA[7]

Marguerite Rocher entra en coup de vent dans la chambrette de son amie Jeanne et lui sauta au cou.

– Ton fiancé revient d'Amérique ? fit Jeanne.

– Il est sur le bateau, répondit Marguerite ; son contrat avec le cirque Manhattan, où il était cycliste excentrique, expirait hier. Pourvu, mon Dieu, qu'on ne les aborde pas ou que rien ne chavire !

Elle alla à la fenêtre, machinalement, comme tous ceux qui attendent, et sa crainte passa à contempler Paris. Les rues s'ordonnaient paisiblement. Aucun souffle ne bousculait les girouettes sur l'océan des toits. Le pilote le plus niais eût lu sa route dans ce ciel où ne manquait pas une étoile.

– Hop ! fit-elle en laissant tomber les rideaux, ton chapeau ! Pas celui-là, le neuf ! Je t'enlève. Nous allons au théâtre. Quel théâtre ? Je n'en sais rien. Nous demanderons à un sergent de ville, et, d'ailleurs, on distribue des prospectus. Mais veux-tu bien vite changer de robe. A-t-on jamais vu mettre une robe verte avec un chapeau bleu ?

* * *

Les rues de Paris seraient nettes comme une grange hollandaise si tous les passants mettaient à accepter les prospectus le soin qu'y porta Marguerite. À vrai dire, aucun

---

[7] *Le Matin,* 14 décembre 1908.

n'indiquait le théâtre désiré. Le premier les invitait malgré l'heure tardive à savourer les deux plats de cuisine bourgeoise offerts par le restaurant de l'Étoile Jaune ; le second leur apprit qu'un certain M. Tardivet se disposait à flétrir les mœurs des peuplades zobogi, dans l'amphithéâtre X. de la Sorbonne et ces demoiselles furent tentées car l'entrée était gratuite. Mais au coin de la taverne de l'Odéon, un monsieur vêtu d'un chapeau haut de forme et d'une affiche les arrêta, les salua jusqu'à terre, exécuta une magistrale aile de pigeon et, désignant du doigt une porte où flamboyait en lettres de gaz le mot *Cinéma*, il les assura que le spectacle était entièrement nouveau. Bien qu'elles n'eussent pas vu l'ancien, Jeanne et Marguerite furent alléchées.

– Est-ce que c'est commencé ?

– Ça commence à tout instant et ça recommence, dit l'homme-sandwich au milieu d'un nouvel entrechat, c'est comme l'amour pour la jeunesse et vous aurez, en une heure, de quoi rire, pleurer et crier d'aise à volonté.

Il poussa, d'ailleurs, la complaisance jusqu'à les recommander à la dame du comptoir, qui les plaça dans le coin de gauche le plus extrême de l'amphithéâtre (c'est à gauche, disent les ouvreuses, qu'on entend le mieux).

L'orchestre joua *la Marseillaise.*

Puis, ce fut l'histoire du terrassier qui, alors que le chantier est en grève, s'obstine à travailler seul et nécessite la présence continuelle de plusieurs municipalités, de quelques escadrons et des plus hauts fonctionnaires de la République. L'orchestre jouait l'hymne russe.

Au faux gréviste succéda le *looping the loop*. Sur un terrain vague bordé de maisons à quarante étages, la boucle se convulsait comme un trottoir roulant, qu'un été trop ardent a gondolé. Une foule impatiente assiégeait le ring où deux officiels, assis sur le gazon, jouaient paisiblement aux échecs.

On devinait qu'on était en Amérique aux femmes sergents de ville qui bousculaient les curieux, aux enfants de huit ans, debout sur des chaises, qui enregistraient des paris ; aux Peaux-Rouges coiffés de plumes, qui vendaient des gâteaux et, enfin, à l'orchestre qui jouait *Samson et Dalila* sur la mesure d'un cake-walk.

Soudain, un remous monta du bas du tableau, y agita toutes les têtes et reflua même dans la salle. Le boucleur apparaissait. Le cœur de Marguerite s'arrêta une minute. Elle venait de reconnaître Jacques, son fiancé.

Il salua, digne et souriant à la fois, comme tous les fiancés et tous les acrobates. Il était même plus souriant et plus digne que jamais, puisqu'il avait rasé sa moustache, ce qui lui découvrait ses jolies lèvres et lui donnait aussi l'air clergyman.

Un ascenseur hissa Jacques et son manager sur la plate-forme du départ. Un immense pavillon américain flottait à leur hauteur et monta avec eux. Les raies du maillot de Jacques semblaient continuer celles du drapeau. L'imprésario harangua la foule et embrassa le héros.

Tout d'un coup, l'orchestre se tut, ponctuant, par son silence, la minute angoissante. C'est le départ. Jacques envoie des deux mains un baiser si large que Marguerite en a sa part ; il enfourche la machine, lève les bras au ciel, les rabaisse sur son guidon, et l'imprésario le lâche.

La machine part à toute allure ; Jacques pédale comme un fou, tiré par la ligne noire tracée au milieu de la boucle comme par un câble. Il entre dans le cercle de la mort, il tourne, il monte. Marguerite ferme les yeux de délices et de peur, mais soudain...

Des enfants crient, des dames froissent nerveusement les programmes, des gorges angoissées toussent faux. Marguerite, qui a ouvert les yeux, comprend. Sur la toile, au-dessous de la boucle, un groupe se penche sur une masse noire, entrevue une seconde, masquée aussitôt par la foule des Américains qui se précipitent, noient chaque angle, chaque vide, et se crient des choses si terribles qu'on les entend presque, à travers l'océan, tandis que le pavillon américain, lentement, s'abat.

– Jacques ! Jacques ! crie Marguerite qui s'est dressée.

Elle s'abat sur son fauteuil en sanglotant. Jeanne, au milieu du brouhaha, l'entraîne au dehors. La voilà, dans le foyer, étendue – seconde victime – au-dessous de la boucle gigantesque dessinée sur l'affiche. Le directeur, qu'on a prévenu, vient vers elle et lui tapote la joue. Il a l'habitude de ces surprises. Hier, une dame a reconnu sur la toile, parmi les curieux qui se pressaient au passage du roi de Suède, son mari au bras d'une jeune femme, et l'a giflé en plein spectacle.

– Monsieur le Directeur ! crie Marguerite. Il est mort ?

– Mes pauvres petites, fait-il, comment voulez-vous que je le sache ? J'ai reçu mes films voilà un jour à peine.

Il se demande, plein de compassion, s'il ne va pas leur offrir des billets gratuits pour toute la durée du spectacle. Mais, soudain, il se frappe le front et s'en va en courant.

Un instant après, il revient, une lettre à la main.

– Vous appelez-vous Marguerite Rocher, rue du Regard ? Voilà une lettre à cette adresse. Elle était dans le paquet du photographe et je devais la faire suivre.

Sans répondre, Jeanne lui arrache la lettre des mains, déchire l'enveloppe, et lit, hésitante d'abord, puis au galop, comme une pianiste qui s'apprête à déchiffrer une marche funèbre et trouve une chansonnette :

Ma chère Marguerite,

Je viens de gagner un pari de cinq mille francs. Il s'agissait, en bouclant la boucle, de se laisser tomber sur un tapis en caoutchouc de la maison Williams and C°. Nous voici riches ! Dans une semaine je serai au Havre. Mais, si tu es libre un de ces soirs, va donc passer une heure – tu comprendras pourquoi après – au cinématographe.

JEAN CORDELIER.

L’OMBRE SUR LES JOUES[8]

Du bateau qui le ramenait en Islande, Niels Jacobsen chercha vainement Maria Bormann, sa fiancée, dans le groupe de parents et d’amis assemblés sur le quai. Il n’était pourtant revenu que pour elle. Il avait renoncé à voyager plus longtemps en Europe parce que, soudain, voilà six mois, après l’avoir habitué chaque semaine à la lettre la plus tendre et la plus dévouée, elle avait cessé de lui écrire. Sa famille avait évité de répondre à ses questions désespérées, et il savait seulement qu’elle n’était pas morte, puisqu’il n’avait pas trouvé son nom dans la liste des décès publiée par le journal de Reykjavik. Il songea à ne pas débarquer dans ce pays, où il la rencontrerait peut-être au bras d’un autre. Mais les cloches tintaient dans les clochers de bois, les rocs du rivage s’arrondissaient sous une lumière atténuée, des chiens familiers aboyaient, et il n’eut pas le courage de fuir la pauvre patrie qui, pour le recevoir, s’était endimanchée.

Ses parents l’embrassèrent en pleurant, mais quand il essaya de lire au fond de leurs yeux, ce jour-là et les autres jours, il les sentit résolus à garder leur secret. Par respect pour eux, par fierté aussi d’un désespoir qu’il contenait à grand’peine, il ne chercha pas à l’apprendre d’autres. L’année se passa douloureusement.

Mais les désespoirs dont l’amour est la cause nous ramènent infailliblement à l’amour. Niels n’était plus capable de

---

[8] *Le Matin*, 29 décembre 1908.

résister à une affection. Sa cousine, Gerta Bruble, vint passer les vacances d'été à Reykjavik ; son sourire, ses gestes graves, sa voix dévouée et lasse lui rappelaient les rires et l'engouement de Maria comme un écho discret et compatissant. Elle lui devint trop chère pour qu'il consentît à s'en séparer, et on les maria au printemps.

Axel, un jeune médecin suédois, que Niels avait connu à l'Université de Copenhague, profita du mariage de son ami pour venir visiter l'Islande. Pour la première fois, Niels qui lui servait de guide, s'aventura loin de Reykjavik, tantôt au nord, jusqu'au cœur de l'île, jusqu'aux étangs glacés que des nuages dissimulent, tantôt vers les pêcheurs, tantôt vers les falaises de l'est, où se dressent les hôpitaux modèles qu'Axel tenait à visiter. On bavardait longuement avec les convalescents, que l'accent du Suédois amusait.

Un soir, où le calme polaire, brillant et épais comme de la neige, recouvrait le ciel, la mer et les pâturages, les trois amis passèrent devant la léproserie. Le nouveau directeur, M. Nansen, avait été l'élève du père d'Axel, et ils entrèrent le saluer. Tandis que Gerta aidait Mme Nansen à préparer le thé, le vieux docteur guidait ses hôtes à travers les salles spacieuses dont les baies donnaient sur un ciel et une mer infinis. Il y avait tant de lumière et de sérénité dans les couloirs teintés de bleu, sur les dalles émaillées, dans les plis des rideaux simples, que Niels et Axel oubliaient l'horreur du mal impitoyable qui logeait ici ses victimes. Dans un premier hall, quelques enfants, dont les visages étaient encore indemnes, les mains gantées, les pieds entourés d'énormes pantoufles, jouaient silencieusement et béatement, et ils tournaient vers les étrangers des yeux chargés de méfiance, comme s'ils redoutaient la santé. Puis ce fut la salle des hommes, dont la face était affreusement rongée, mais un seul, dans un coin, avait le visage entouré de bandelettes, et portait des lunettes noires. C'était ce jeune homme réputé autrefois pour sa beauté, et qui ne se résignait point. Un jour, on ne sait comment, il s'était procuré un miroir et l'avait, par vengeance, prêté à tous ses camarades.

La salle des femmes était au bout du couloir, entourée de jardins. Toutes cinq, en entendant la porte s'ouvrir, s'étaient brusquement levées, et, alignées, dos aux étrangers, face à la mer, elles pivotaient d'un mouvement instinctif, pour qu'on ne vît même pas leur profil, à mesure que les visiteurs passaient. Niels s'arrêta soudain. Il lui semblait, dans la femme de droite, reconnaître Maria, sa première fiancée. Épouvanté, il se précipitait à la suite de ses amis ; mais, arrivé à la porte, il ne put supporter l'idée qu'un doute plus terrible que la vérité obséderait toute sa vie. Il resta, regardant fixement les femmes immobiles qui baissaient sur leur poitrine leur tête blessée dont le soleil envoyait l'ombre pure jusqu'à ses pieds.

C'étaient bien les cheveux châtains de Maria, trop épais, et qui cassaient tous les peignes. C'était sa nuque toujours nerveuse, tendue, et qui pliait à peine sous la souffrance. C'étaient ses épaules si nettement arrondies qu'elle pouvait à peine lever les bras pour cueillir les cerises ; c'était ce corps mollement arc-bouté sur les genoux, et sur les hanches, qu'il aimait à surprendre autrefois en s'approchant sur la pointe des pieds et en posant les mains sur ses yeux. Et l'infidèle, c'était lui.

Celle qu'il avait soupçonnée était perdue pour tout bonheur, pour tout espoir. Ensevelie à jamais, elle devait se heurter à chaque pensée et à chaque objet, comme un mort qui se réveille au fond du tombeau le plus sombre.

– Maria ! Maria ! cria-t-il.

Toutes les femmes tressaillirent. Quel était cet écho déchirant d'un monde qu'elles parvenaient à peine à oublier malgré tant d'années de silence ?

– Maria ! reprit Niels. Fiancée !

Cette fois, aucune ne bougeait. Peut-être, peut-être n'était-ce pas elle. Et pourquoi, d'ailleurs, cette comédie douloureuse ? Pourquoi venir crier à celles qui ne sont plus vivantes un nom qui fut peut-être le leur, et qui évoque les saisons de fruits et de parfums, les jours de fête, et le soleil impatient dont elles détournaient autrefois la tête par crainte des taches de rousseur ? Niels, en le prononçant de sa voix passionnée, était aussi coupable que celui qui ouvre sur la mer la porte de la cage où se trouvent des oiseaux aveugles. À quelle curiosité folle obéissait-il, et si ces femmes tournaient vers lui leurs visages ravagés, comment s'excuserait-il de n'avoir été fidèle qu'à la santé, et de la promener au milieu d'elles, comme par vengeance, comme l'autre promenait son miroir ?

Mais la porte s'ouvrit. Axel, inquiet, venait chercher son ami.

– Niels, appela-t-il, dépêche-toi. Ta femme t'attend !

Alors la forme qui ressemblait à Maria s'affaissa. Elle posa ses mains sur son visage que le soleil ne suffisait plus à cacher. Un sanglot, convulsif et silencieux, la secouait, gagnant ses compagnes qui restaient debout, leurs fuseaux désœuvrés à la main, comme des Parques, quand la mort va toute seule.

Niels, hébété, se laissa guider vers la carriole. Il prit même les guides et conduisit le long des falaises, sur la route qui dominait le gouffre, sans que le cheval fît un faux pas. Mais, dès l'arrivée, il tomba malade. Il resta six mois étendu, silencieux, les yeux fixés avec terreur sur les yeux de Gerta, que la douleur élargissait chaque jour, et où l'ombre grandissait comme un mal impitoyable.

Et il mourut vers l'automne.

JEAN CORDELIER.

GUIGUITTE ET POULET[9]

Lui, il criait les journaux, le soir. Les camelots l'appelaient Jacques et les sergents de ville le Poulet. Jacques devait être son véritable nom, car il ne répondait guère aux sergents de ville. Son âge ? Il ne le savait point, n'ayant pas eu de parents. Il avait moins de vingt ans, et un an de plus chaque année. Peut-être aurait-il pu apprendre le jour de sa naissance à la Préfecture de Police. Mais il aurait fallu déranger le préfet. Or Jacques savait qu'il a fort à faire, et d'ailleurs il détestait les visites.

Elle, elle vendait des fleurs au coin de la rue Montmartre où, d'un commun accord, on l'avait baptisée Mistinguette. Les marchandes des quatre-saisons disaient sans façon Guiguitte ; les garçons de café, plus cérémonieux, l'appelaient Miss. Ce Miss britannique lui plaisait. Et elle avait en fait ces yeux bleu-norvège, ces joues rose-saxe, ces cheveux blond-vénitien, tout cet ensemble, en un mot, que l'on nomme chez les femmes l'air anglais.

Outre qu'elle était blonde et qu'il était brun, qu'elle était petite et qu'il était grand, un motif puissant devait les attirer l'un vers l'autre : ils étaient tous deux coquets. Elle avait un corsage à empiècement. Il avait une de ces cravates qu'on noue soi-même. Ce qui fait qu'ils s'arrêtaient volontiers aux glaces des devantures, elle pour admirer sa tenue et lui pour contrôler la sienne. C'est dans un de ces miroirs, sur le boulevard, qu'ils s'aperçurent pour la première fois. Leurs reflets leur plurent et,

---

9 *Le Matin,* 28 janvier 1910.

quand ils se regardèrent en face, leurs personnes ne se déplurent pas. Ce jour-là, les familles fêtaient la Sainte-Marie et deux nations s'étaient déclaré la guerre, de sorte que toutes les fleurs et tous les journaux étaient vendus. Ils avaient tout le temps d'engager la conversation, et Jacques trouva un prétexte aussi vieux que le monde ou que les compagnies d'omnibus.

– Est-ce que Madeleine-Bastille va passer, Mademoiselle ?

– Mais oui, Monsieur, répondit-elle en souriant, le voici.

Il arrivait en effet, se dirigeant au triple galop de son triple attelage vers l'Opéra et la Madeleine. Jacques éprouva soudain une vive répugnance pour ces quartiers de l'ouest.

– J'irai plutôt à la Bastille, décida-t-il.

Il gagna aussi quelques minutes qui lui suffirent à assurer l'avenir. Les jeunes gens décidèrent de se revoir le lendemain, et se séparèrent en feignant une hâte telle qu'ils semblaient n'avoir pas un instant à perdre pour arriver à temps au rendez-vous. Au bout d'une semaine, ils étaient les plus grands amis du monde et déjà de fort sérieux amoureux. Elle lui offrit un soir une cravate. Il riposta par une boîte de chocolats. Il aurait préféré lui offrir des fleurs, mais les acheter à elle l'eût peut-être humiliée, et il ne fallait pas favoriser la concurrence en les achetant à une autre. Les bonbons d'ailleurs ne lui coûtaient guère.

Il faut vous dire que Jacques n'était pas seulement vendeur de journaux. Il n'y a pas de sot métier, a-t-on dit. Jacques exerçait le plus intelligent : il était voleur. À sa sortie d'école, il avait à vrai dire cherché une place. Il avait même, devant chacun de ses futurs patrons, feint de ramasser sur le tapis une épingle qu'il tenait préalablement entre le pouce et l'index, pour qu'on remarquât ses qualités d'économie. Mais les temps ont changé depuis le jour où ce geste valut la fortune à un solliciteur. Jacques aurait pu ramasser une planche du parquet sans qu'on y prêtât attention. Aussi, un beau matin, mais cette fois sans ostentation, il ramassa un louis qui traînait. Le lendemain, il ne se baissa plus, le magasin étant vide et le comptoir à sa hauteur. Sa profession était trouvée. Dure profession quand on l'exerce sans conseil et sans ami. Mais Jacques se félicitait maintenant d'avoir fait bande à part. Personne ne pourrait jamais le trahir auprès de Guiguitte. Il allait encore travailler quelques mois, et sa dot serait suffisante pour acheter un petit commerce dans un bon quartier, et s'y reposer tout le reste de sa vie, avec sa gentille petite femme.

Un jour, il décida de faire sa demande. Il avait entraîné son amie jusqu'à la Marne, loué un canot, et ramait pour s'enhardir avec la rage d'un équipier d'Oxford poursuivi par tout le team de Cambridge. Mistinguette, au gouvernail, dirigeait le bateau vers les places ombragées, malgré les regards menaçants des pêcheurs qui, leurs lignes fichées en terre, semblaient surveiller d'inutiles et timides plantations de bambous. C'était un de ces jours où l'on n'éprouve pas d'autre besoin que de dire : « Comme le ciel est bleu ! Et l'air pur ! Et l'eau, comme elle coule ! »

– Comme l'herbe est verte, disait Jacques, on en mangerait !

Mais il lâcha soudain les avirons, si subitement que Guiguitte crut à un naufrage, vit en une seconde des écueils, des requins, et poussa un cri.

– Miss, dit-il, veux-tu m'épouser ?

Il n'osait se mettre à genoux, car le canot tanguait fortement. Elle souriait, mais d'un sourire qui la rendait plus sérieuse. Les pêcheurs tranquillisés, du geste auguste du semeur, lançaient aux poissons le grain, le son et la mie de pain.

– Poulet, répondit-elle enfin, on verra. Je dis seulement que je ne dis pas non. Si tu veux prendre un petit commerce, dans un bon quartier, j'ai une tante qui me doterait peut-être.

On serait tranquille. Poulet, tu achèterais enfin le journal du matin, toi qui ne peux lire que ceux du soir.

Jacques, ému, tendit son cadeau de fiançailles, une petite montre. Elle devait être en or, mais les montres, on ne peut pas les faire tomber pour voir si le métal ne sonne pas faux.

– Comme tu es gentil ! remercia Miss. Je désirais tant savoir l'heure, le matin, pour me lever... Autrefois, la marchande de mouron m'éveillait. Mais elle passe maintenant à huit heures ou à neuf, même à midi... Ce que les serins doivent avoir mauvais estomac dans mon quartier !... Dis donc ! pourquoi prends-tu ma main ?

– Je prends ta main, Miss ? Ah oui ! Oh ! pour rien, pour m'occuper.

Comme il sentait une bague imprévue au doigt de son amie, il l'examina à la dérobée. Une turquoise, diable, et des perles !

– Ne te frappe pas, expliqua Miss. C'est la bague de ma tante.

Jacques se demandait s'il n'aurait pas préféré que la fleuriste fût tout à fait pauvre. Et cette tante, que venait-elle faire là où on ne la réclamait guère ?

– Tu n'as pas de père ou de mère, au moins ?

Il ne fut rassuré que quand elle eut répondu.

– Je n'ai que toi, Poussin.

Le lendemain était un dimanche. Jacques étrennait un chapeau de paille. Une averse naturellement se mit à tomber. Comme il était sorti sans parapluie, il en prit un à une devanture. Quelqu'un s'aperçut du larcin. Jacques essaya bien de transiger, d'expliquer au vendeur que, s'il portait plainte, l'objet volé serait confisqué jusqu'au jugement, peut-être jusqu'à l'hiver. Mais les Français ne comprennent pas le commerce. Ils font du sentiment. Ils préfèrent se venger et immobiliser six francs quatre-vingt-dix. On conduisit Jacques au poste.

Comme il entrait dans la salle réservée à ses collègues, dignement, malgré le canotier qui ruisselait, une jeune fille se précipita vers lui. C'était Mistinguette.

– Jacques, dit-elle, pardonne-moi ! J'espérais tant que tu n'en saurais rien ! Cette maudite bague ! Je t'assure que c'est bien la première et la dernière fois !

Il avait compris. Miss était voleuse, comme lui. À apprendre cela, il éprouva le besoin de fermer les yeux, de battre quelqu'un, de crier très fort. Les gens riches, qui ont tout appris, appellent cela de la déception. Il préféra en finir tout de suite.

– Je ne suis pas ici en visite. C'est aussi bien chez moi que chez toi. Il pleuvait. J'ai voulu emprunter sans façon un parapluie. Le boutiquier a dû avoir peur qu'il se mouille. Il m'a fait courir après.

Elle le regarda, décontenancée. Elle éprouvait le besoin de faire des reproches à Jacques, de ne pas le voir, de ne pas penser. Les gens pauvres, qui ne savent rien, appellent cela l'envie de pleurer.

Tous deux ne savaient quoi se dire. Ils étaient honteux de s'être trompés mutuellement, furieux d'être découverts. L'idée que quelques mois de prison allaient les éloigner l'un de l'autre ne leur était point désagréable. Miss s'assit à l'écart. Dans la lumière crue de la chambre passée au plâtre, Jacques lui parut trop brun, trop sans-gêne. Elle n'avait pas remarqué non plus que ses chaussettes retombaient sur ses bottines.

Lui sifflotait. Il avait les mains dans ses poches. Ça le changeait. Sous prétexte de lire les affiches et de connaître les règlements exacts du vol, il se rapprochait insensiblement d'une jeune voleuse qui venait d'entrer, qui n'avait pas l'air anglais, et qui, sans fausse modestie, plaisantait avec l'agent de service.

JEAN GIRAUDOUX.

LA LETTRE ANONYME[10]

Le 15 février, M. Lenard trouva dans son courrier matutinal une carte-lettre. Il en examina la date pour prendre en défaut le lieu d'expédition, pour accuser les compagnies de chemins de fer, et les signatures pour critiquer ses amis, et il fut déçu. La lettre était anonyme, et rien ne la situait, ni dans le temps ni dans l'espace.

« Monsieur Lenard, y disait-on seulement, Madame votre épouse vous trompe. Vous êtes maintenant le seul à l'ignorer. Faites un signe, un signe unique, et un ami fidèle vous renseignera. »

M. Lenard lut ces mots avec les apparences de l'indifférence la plus profonde. Ce n'était pas cependant qu'il fût un mari complaisant ou crédule, ou assez dissimulé pour attendre longtemps une terrible vengeance. Il était tout simplement célibataire. Aucune femme n'était passée à son horizon, ou en tout cas, elle y était passée si vite qu'il n'avait même pas eu, comme pour les étoiles filantes, le temps de faire un vœu. Il déchira donc le billet en morceaux de plus en plus petits, comme l'athlète déchireur de cartes.

Or le mois suivant, à la même date, toujours anonyme, la lettre revint.

« Monsieur Lenard, répétait-elle, celle qui a l'honneur de porter votre nom, Mme Lenard, vous trompe indignement, vous

---

10 *Le Matin*, 15 février 1910.

restez toujours le seul à l'ignorer. Soyez courageux. Faites-nous un signe, un unique signe. »

M. Lenard déchira le billet, mais plus lentement. Il en ramassa même les morceaux pour reconstituer la phrase exacte. N'ayant jamais reçu, n'ayant jamais écrit de lettres anonymes, il ne professait pas pour elles trop de mépris. Être pris pour un monsieur trompé est chose désagréable pour un mari, mais cela ne manque pas, pour un célibataire, d'un certain charme. M. Lenard était flatté, non pas de la méprise, mais de l'intrusion du mystère dans sa vie. Il lui semblait recevoir la visite d'une personne non seulement inconnue, mais voilée. Le mois suivant, quand la lettre eut reparu, il eût fait volontiers le signe, l'unique signe. Mais on ne disait pas lequel. Le cours de ses premières pensées en fut peu à peu changé. Il se sentait pris de quelque sympathie pour le mari avec lequel la charité publique, évidemment, le confondait. Le soir, quand le soleil étalé dorait jusqu'à la coupole des Invalides, alors qu'il aurait dit autrefois : « Le beau temps ! », il se surprenait à penser : « Le pauvre homme ! » Et lui qui se promenait toujours les yeux dirigés vers le trottoir, sans avoir jamais, du reste, la chance de trouver quelque pièce de cinquante centimes, il se surprit à regarder une femme. C'était un jour de pluie, dans un omnibus. Il était à l'intérieur, et lui offrit sa place, décidé surtout, à vrai dire, par le fait qu'il descendait au prochain arrêt. Elle eut un sourire si reconnaissant qu'il resta quelques minutes de plus sur la plate-forme pour ne pas rabaisser la valeur du service rendu, et qu'il dut regagner sa maison à travers des plaques de boue.

Vingt ans de solitude n'avaient pu faire sentir à M. Lenard qu'il était isolé. Après cette rencontre d'une demi-minute, il se sentit abandonné. Sa chambre elle-même lui semblait faite pour un autre que pour lui ; les accoudoirs des fenêtres étaient trop larges ; il ne se voyait que jusqu'au col dans l'armoire à glace, et il lui semblait, en attachant sa cravate, faire la toilette à un décapité. La clarté de sa lampe était trop large ; son feu trop étroit. Parfois, à voir passer une jolie femme qu'il ne devait jamais connaître, dont son cœur portait déjà le deuil, il la saluait comme on salue un enterrement. L'une lui répondait d'ailleurs aussi rarement que l'autre. Les grands changements de la vie, s'ils viennent quelquefois au moment où on les désire le plus, arrivent cependant sans qu'on s'en aperçoive, comme le sommeil. M. Lenard se trouva un beau jour fiancé à Jenny qui était modiste.

Jenny s'appelait en réalité Eugénie. Mais la Parisienne préfère quelquefois le nom de l'ouvrière à celui de l'impératrice. Jenny était bien de sa personne, et cela lui suffisait, celle des autres l'intéressant peu. Elle avait de grosses joues et un menton très fin, des jambes en échasse et de forts mollets, était à la fois, si l'on veut, une fausse maigre et une fausse grasse. M. Lenard lui plut-il ? Elle ne se posa pas la question, et M. Lenard ne se la posa pas non plus.

C'est à Vincennes, sa paroisse, que fut célébré le mariage. Il fut accidenté. Un cheval échappé traversa la route juste devant les voitures du cortège. Un lièvre seul, dit-on, porte malheur. Le landau des mariés versa. Les badauds et les sergents de ville, habitués aux noces travesties pour cinématographe, crurent qu'il s'agissait d'un film comique, et se gardaient bien d'intervenir. On s'attendait presque à les voir sortir de leur voiture, comme dans l'histoire du mitron et du charbonnier, elle tout en noir, lui tout en blanc. Triste présage, au seuil d'une union. Au dîner, par surcroît, un invité renversa la salière dans son potage.

C'est souvent aux abords des ports les plus sûrs que la barre est le plus dangereuse. Le mariage une fois franchi, les époux eurent une année entière de calme. Était-ce le bonheur ? M. Lenard, qui n'avait jamais été heureux, était peu qualifié pour le dire. Il prenait de nouvelles habitudes, ce qui est bien, et gardait précieusement les anciennes, ce qui est mieux. Il continua à boire son café sans sucre, à faire des patiences et à recevoir chaque mois la lettre dénonciatrice. Les termes et l'écriture en variaient parfois. Il collectionnait les témoignages d'une charité si mal dirigée, mais si fidèle.

Or, un 15 au matin, le billet ne vint pas. Ce retard l'intrigua. Il alla répondre à chaque coup de sonnette, espérant le facteur et dut payer une série de factures qu'il espérait bien remettre. Le lendemain il paya la double taxe d'une lettre non affranchie, et qui n'était d'ailleurs qu'un prospectus. Le troisième jour, un malaise qu'il ne cherchait point à s'expliquer le dirigea vers le guichet de la poste restante. Il n'y avait point de lettre à son adresse. Il éprouva l'irritation de celui auquel un journal, sans aucun prétexte, a fait le service, et qui en est subitement privé.

Le mois suivant, même silence. M. Lenard devint inquiet. L'envoi de ces lettres anonymes n'avait aucune signification, mais cet arrêt, peut-être, était significatif. Le véritable mari avait-il découvert le pot aux roses ? L'écrivain anonyme s'était-il lassé ? Suppositions bien invraisemblables. C'était donc lui, le destinataire, qui avait changé. M. Lenard fut soudain frappé de la profondeur de ses conclusions. N'était-ce pas la farce qu'un ami avait continuée tant qu'elle était inoffensive et qu'il interrompait dès qu'elle présentait quelque danger ? En un mot, Mme Lenard le trompait-elle ?

Il l'observa. Elle n'avait point modifié l'heure de ses allées et venues. Il la gronda sans raison pour voir. Elle n'hésita point à se mettre en colère. Il énuméra, comme par hasard, quelques plats préférés. On lui servit du veau qu'il abhorrait. Tout cela le rassura, et c'est pourquoi, un beau jour, il résolut de la suivre.

Il la suivit jusqu'au Jardin des Plantes.

Et c'est ici que s'arrête l'histoire. M. Lenard, entre l'otarie et les flamants, vit un jeune homme s'approcher de sa femme. Il salua le premier. Elle sourit la première. Et M. Lenard apprit ainsi que les énigmes de notre passé, quand vient le malheur, savent prendre une vérité rétrospective.

JEAN GIRAUDOUX.

LA SURENCHÈRE[11]

Ce n'est pas sans raison que Charlie Eggins, de Hartford, décida de se tuer. Il voyait disparaître en quelques jours les trois seuls biens auxquels il attachât quelque importance. Il perdait d'abord sa fortune, dans un krach, jusqu'au dernier cent. Il se voyait ensuite déposséder du championnat du monde au pistolet par un Australien. Enfin Gladys, sa fiancée, lui rendait sa parole et lui réclamait ses lettres.

S'il n'y a qu'une façon de venir au monde, il y en a mille d'en sortir, et choisir entre elles est chose délicate. Se tuer d'un coup de revolver eût été, après la défaite du stand, d'un goût douteux ; s'électrocuter était d'un parvenu... Charlie prit donc le parti de se noyer, et comme il nageait honorablement, pour éviter toute manifestation importune de l'instinct vital, il décida de se jeter dans le Niagara. Comme la Tour Eiffel en France, c'est une institution nationale qui garantit la bonne exécution des suicides, et eût-on oublié la clause la plus intéressante de son testament, il n'est pas davantage possible de s'arrêter entre la deuxième et la troisième cataracte qu'entre le deuxième et le troisième étage du monument parisien.

* * *

Au saut du train, Charlie s'orienta lentement à travers les promenades de Niagara-Falls, qui semble, tant résonne le sol, une cité souterraine.

---

[11] *Le Matin*, 30 mars 1910.

C'était au terme d'un hiver pluvieux et boueux. Il n'y avait guère, le long du fleuve, que quelques touristes allemands portant entre la nature et leurs yeux myopes, comme des lunettes, leur Baedeker, et des couples d'amoureux qui, avec des rires et des cris d'effroi, faisaient semblant, sur les ponts, de se pousser dans les rapides.

Charlie parcourut les îles, grimpa sur le rocher des Chèvres. Soudain, il prêta l'oreille. On marchait derrière lui, depuis un bon moment, avec précaution. Les pas se rapprochaient aux tournants dangereux, s'attardaient au contraire quand le roc devenait plan, pour redevenir, dès qu'on côtoyait une cascade, plus proches et plus menaçants. Les gens qui vont se suicider évitent peut-être encore les araignées ou les chenilles, mais ne redoutent pas les agressions. Charlie, heureux de l'aventure, décida d'attirer l'assassin ou le voleur dans un petit îlot où nul ne les dérangerait. Il n'y avait qu'à enjamber un ruisselet plus bruyant que dangereux, et avant de franchir le dernier Rubicon, ce n'était point là une affaire. Il sauta. On sauta derrière lui, on pataugea même un peu. Il gravit un rocher qui surplombait un gouffre au-dessus duquel mille arcs-en-ciel se croisaient, se fondaient et se dédoublaient comme des rosaces de cinématographe. On grimpa derrière lui, non sans glissades répétées. Il se retourna alors brusquement.

* * *

La face tatouée d'un Iroquois en costume de guerre l'eût moins troublé que ce qu'il vit. Au lieu du bandit classique auquel il s'attendait, une jeune fille blonde et jolie, comme on en voit sur les affiches, lui souriait.

– Monsieur Eggins ? demanda-t-elle seulement.

Charlie s'inclina.

– Monsieur Eggins, je suis membre actif de l'Association des Partisans du Seigneur. Vous connaissez ses églises de

Boston. Vous avez visité, comme tous, sa chambre présidentielle, dont tous les objets, même la baignoire, sont d'or massif. Je viens en son nom vous rappeler que le suicide est un péché mortel et vous conjurer de vivre pour le salut de votre âme.

– Tous mes regrets, Miss, c'est impossible.

– Vous êtes bien résolu à mourir ?

– Je le suis.

– Vous jurez que vous ne changerez point d'avis ?

– Je le jure.

– Alors, Monsieur Eggins, permettez-moi d'exposer la seconde partie de ma mission. Je suis également mandataire de la Maison Forbett, d'Indianapolis. Son cirage et ses vernis ne vous sont pas inconnus. La Maison Forbett vous offre vingt mille dollars, payables à celui de vos parents que vous désignerez si, dimanche, vous vous jetez du pont suspendu avec une banderole qu'elle vous fournira et qui porte sa marque de fabrique. Je passerai ce soir, à huit heures, à votre hôtel chercher la réponse.

* * *

De même que les paysans, dès qu'on leur marchande un vieux meuble ou une vieille assiette qu'ils croyaient sans valeur refusent de la vendre, Charlie, alors qu'il se serait précipité gratis, voilà quelques minutes, dans les bras de la mort, hésita quand on lui offrit de payer ce geste vingt mille dollars. Il se rendait vaguement compte que la vengeance qu'il voulait tirer en mourant de sa fiancée, de l'Australien et de la fortune en serait diminuée. Un corps trouvé par hasard, inconnu, mystérieux, est une sorte de lettre anonyme contre la société. Elle en souffre plus que du suicide d'un homme célèbre. Charlie pensait à tout cela et regagna mélancoliquement sa chambre.

Il avait à peine fini de s'y laver les mains quand on frappa à la porte, et on entra sans attendre la réponse. C'était une jeune fille aussi agréable à regarder, assurément, que la première.

– Monsieur Eggins ? s'exclama-telle.

– Lui-même, mademoiselle.

– Monsieur Eggins, je représente la Maison Harris, de Cincinnati, pickles et picallilis !

Charlie lui coupa la parole.

– La Maison Harris se présente trop tard, Miss... J'ai déjà presque traité avec la Maison Forbett.

– Je le sais, Monsieur Eggins. Aussi je vous offre dix mille dollars de plus. Je repasserai ce soir, à sept heures et demie, pour connaître votre décision !

Elle disparut. Alors Charlie s'accouda à la fenêtre. Le soir tombait. Une étoile vacillait au-dessus du gouffre. C'était l'heure biblique où s'éveille dans toute âme anglo-saxonne le pasteur qui y somnole. Charlie demanda pardon au ciel d'avoir péché contre l'humilité en choisissant le Niagara monstrueux pour engloutir un faible corps humain. Il passa dans son cabinet de toilette, emplit la baignoire jusqu'au bord et s'y noya modestement.

JEAN GIRAUDOUX.

LA MÉPRISE[12]

Émile Durand eût été le plus heureux des hommes sans une malchance native qui accumulait quotidiennement sous ses pas les petites mésaventures dont nous nous contentons fort bien, nous autres, à raison d'une par semaine. Quand il montait dans un fiacre, le cheval s'emballait. Quand il prenait une automobile, le moteur, subitement calmé, s'éteignait. Ses faux cols étaient trop étroits et l'encolure de ses chemises trop large. Le tablier de sa cheminée consentait parfois à se baisser, mais refusait énergiquement, comme le rideau d'un théâtre de province, de se relever. Aussi Émile Durand était-il devenu maniaque, méticuleux, et il se promenait dans la vie avec la méfiance et les précautions d'un enfant qui étrenne perpétuellement un costume.

Ce jour-là, par exemple, après avoir collé un timbre sur chacune des deux lettres qu'il venait d'écrire, il regarda si les enveloppes étaient bien closes, si le papier n'en était point trop transparent, et il ne les glissa dans la boîte qu'après en avoir contrôlé les adresses. Il passa même la main dans l'étroite fente pour s'assurer qu'elles étaient bien tombées jusqu'au fond et ne réussit d'ailleurs qu'à se meurtrir douloureusement les doigts à un fil de fer qui faisait grille. Puis, non sans calculer les chances que ses lettres avaient d'être égarées parmi les imprimés, expédiées en province, incendiées par les moteurs des autos postales, il remonta vers le Luxembourg.

---

[12] *Paris-Journal,* 9 décembre 1910.

C'était un après-midi d'avant printemps où de gros nuages vaguaient dans le ciel. Un vent mi-aquilon, mi-zéphyr faisait claquer sur le dôme du Sénat un pavillon jadis national, mais qui n'était plus que portugais, le tiers rouge ayant disparu. Des étudiantes marchaient avec décision contre cet air qui rougissait leur nez et décolorait leurs lèvres. Émile les suivait d'un regard alangui. Ce n'est point qu'il recherchait une intrigue. Il avait, au contraire, une maîtresse qu'il avait beaucoup aimée, une fiancée qu'il se sentait disposé à aimer beaucoup, et c'est à elles, justement, qu'il venait d'écrire. Cet hiver finissant lui donnait la nostalgie de son prochain foyer. Ce printemps qui s'avançait lui rendait plus vif le souvenir de ses promenades amoureuses. Il goûtait sans en chercher plus long les charmes de la transition.

Soudain, un soupçon terrible germa dans son esprit. Il essaya de se distraire en suivant les ébats frénétiques des joueurs de croquet. Mais chaque coup de maillet enfonçait dans son cerveau l'idée qu'il en voulait chasser. Il fit les cent pas, puis les mille. Hélas ! le soupçon se précisait, irrésistible. Ainsi monte dans une rue, par les caves, l'inondation. Maintenant, il ne pouvait plus douter : il s'était trompé d'enveloppes ! Louise, sa fiancée, allait recevoir le billet suivant : « À demain soir pour le dîner, Jeanne adorée ! Il y a dans l'air je ne sais quelle tiédeur, quelle douceur qui ne me fait penser qu'à toi depuis ce matin. » Et Jeanne, son amie, quelle stupeur allait être la sienne quand elle lirait : « À demain matin pour le déjeuner, petite fiancée et chère Louise. Il y a dans le ciel je ne sais quelle fraîcheur, quelle douceur ! » Tout était perdu ! À moins, peut-être, de courir, de devancer les lettres, d'obtenir d'avance le pardon en avouant tout. Les femmes aiment que l'on avoue. Certaines gens inventent même des fautes pour leur plaisir. Émile se précipita dans le premier autobus venu. Ce n'était pas le bon, mais à l'aide de deux correspondances, il arriva enfin à la demeure de sa fiancée.

Louise était ce que sa mère appelait seule. C'est-à-dire qu'elle était seule avec sa mère. Émile s'assit avec un calme feint. Il parla posément du temps de demain en faisant de futiles allusions au temps d'hier. Il prit la main de sa fiancée et la garda, par contenance. Au cours des promenades, il s'occupait à lui enlever son gant ; mais elle n'avait aujourd'hui qu'un dé, et il ne pouvait non plus faire l'éloge de sa bague, qu'il avait donnée. Décidé par l'inaction même, il se jeta brusquement à ses genoux.

– Louise ! Louise ! supplia-t-il. Je vous aime. Je vous adore. Mais je vous ai menti. J'ai encore une maîtresse.

Ce fut du beau. Louise s'affaissa sur sa chaise. Selon les lois du contrepoids, sa mère se dressa, étendit une main qu'Émile ne se sentit aucune velléité de prendre ou de caresser.

– Sortez ! fit-elle.

Elle montrait la fenêtre, dans sa colère. Émile, plus modeste, se contenta de prendre la porte.

Puisque la fiancée était perdue, il fallait du moins sauver l'amie. Émile gravit donc, avec plus de résignation que de conviction, le haut escalier de Jeanne. Il ne prit même pas le soin, pour se distraire en les gravissant, de vérifier si les six étages avaient le même nombre de marches ou de faire son budget de la semaine. Parvenu enfin au bon palier, il attendit une minute, frappa de sa canne, plus fort qu'il ne l'aurait voulu, puis, remarquant la sonnette, il l'agita longuement. Enfin, après tout ce vacarme, pour se donner une contenance, il fredonna l'*Internationale*. Jeanne vint ouvrir, effarée.

– Qu'as-tu, Émile, tu deviens fou ?

Autant valait en finir tout de suite.

– Je ne suis pas fou, dit-il. Je me marie. Je n'entre que si tu me pardonnes ?

Elle le regardait fixement, examinant chacun de ses traits, de plus en plus nerveuse, comme si elle découvrait peu à peu, aux oreilles, au nez, aux lèvres de son ami, des anneaux de fiançailles.

– Ah ! Monsieur se marie ! Et avec qui, mon Dieu ! Monsieur peut-il se marier ?

La colère gagna Émile.

– Monsieur se marie avec une jeune fille de dix-huit ans. Elle est blonde. Elle s'appelle Louise. Elle a une fossette au menton et un signe sur le bras gauche. Son père est caissier et sa mère est charmante. Voilà avec qui Monsieur se marie. Et Monsieur n'entrera que si tu lui pardonnes.

– C'est bon, fit Jeanne. Décampe.

On était sur le palier. Mais une maîtresse irritée est toujours chez soi. Et Émile, obéissant au geste qui lui montrait l'escalier, s'y engouffra sans répliquer, de même que l'on suit de confiance, dans le Métropolitain, l'indication vers la sortie, alors même qu'elle semble nous diriger vers le centre de la terre. Jeanne, d'ailleurs, courut jusqu'à la rampe, et, faisant un projectile d'une lettre froissée, précipita sa déroute. Émile ramassa machinalement la lettre, et disparut.

Dans l'autobus où il sauta – ce n'était pas le bon, mais du moins il allait vite – Émile, en tirant son mouchoir, fit tomber de sa poche la boule de papier. Il la reconnut. C'était la lettre écrite le matin. Les femmes sont bien hypocrites. Jeanne avait feint de ne rien savoir, alors qu'elle avait été mise au courant par le billet destiné à Louise.

Il voulut la relire, par dépit. Il la déplia. Ô stupeur ! Il n'y avait pas eu confusion. Jeanne avait reçu le mot destiné à Jeanne. Louise devait recevoir en ce moment le billet destiné à Louise. C'était bien gratuitement qu'Émile avait perdu deux femmes et deux bons repas.

Les bons repas ne se retrouvent jamais, et je ne sais si Durand a fait la paix avec ses amies. Mais il a décidé, depuis ce jour, de ne plus contrarier le hasard. Il ne choisit plus, en voyage, le wagon du centre, le moins exposé aux accidents. Il ne marche plus au milieu de la chaussée, les jours d'orage, pour éviter les tuiles et les tuyaux d'arrosage. Il lui est même arrivé, avant-hier, de mettre à dessein, dans la boîte destinée aux lettres de Paris, tout un courrier qu'il envoyait en province.

JEAN GIRAUDOUX.

UNE CARRIÈRE[13]

Lorsque W. O'Duffin avait fondé, voilà un an déjà, l'Université Shakespeare, à Romersholm (Texas), il ne l'avait fait qu'à son corps défendant. Ancien secrétaire de la mairie d'un bourg irlandais dépeuplé par l'émigration, il avait suivi ses compatriotes, et avait constaté avec terreur, en débarquant en Amérique, qu'il ne pouvait compter sur un emploi de commis d'état civil, puisque l'état civil n'y existait pas. Cette nation trop jeune faisait fi, systématiquement, de tout ce qui pouvait lui rappeler sa jeunesse. Il dut donc se livrer à ces métiers qui honorent le passé des milliardaires, mais déshonorent le présent des émigrés ; d'ailleurs, toujours tiré à quatre épingles, toujours reluisant : la Nouvelle-Angleterre est le pays où les pauvres sont le mieux cirés, car – et c'était justement la profession de W. O'Duffin – ils sont tous cireurs de bottes.

C'est le hasard (un gain aux courses) qui lui permit de venir à Romersholm, et c'est le destin (une perte au jeu) qui l'y retint. Pas un cent pour quitter ce bourg de planteurs de maïs, séparé du monde par quinze jours à dos de mulet. Il fallait s'y établir, et un seul métier restait libre, celui de professeur. W. O'Duffin ne pouvant diriger un collège sans l'autorisation du gouvernement décida donc – tout citoyen en a le droit – de fonder une université. Ce fut l'Université Shakespeare, la 525e des États-Unis.

---

13 *Paris-Journal,* 27 juin 1911.

Ayant eu la chance d'être le cireur attitré de Mr. Johnson, le professeur à Yale, chimiste à la fois et géographe (on lui doit les deux découvertes – bien différentes de taille, mais d'importance égale – du microbe de l'otite et de la plus haute montagne du Colorado), le nouveau directeur avait les indications suffisantes pour organiser son institution sur le modèle de ses illustres aînées. Comme elles, elle eut sa couleur, ses animaux favoris, son équipe de base-ball (en attendant le jour où le nombre de ses élèves lui permettrait de composer une équipe de football). Au bout de quelques mois, elle comptait dix auditeurs, un second professeur, Mr. Watts, ancien sous-officier qui connaissait les mathématiques, et enfin, quand Mrs. Wiley, la veuve encore jeune du richissime planteur, eut manifesté le désir de suivre les cours de style, l'Université Shakespeare fut proclamée université mixte.

Il fut bientôt évident, à voir leur empressement et leur zèle, que les professeurs étaient guidés par un amour moins désintéressé que celui de la science. Le cœur de Mrs. Wiley était seul en jeu, dans ce match d'éloquence. Au début, malgré les gestes exacts de Mr. Watts qui s'entêtait, au tableau, à proclamer l'égalité de triangles visiblement inégaux, la littérature sembla l'emporter. W. O'Duffin, suivant en cela l'exemple de nombreux universitaires américains, venait de publier, coup sur coup, un premier roman : *Les Trois Mousquetaires*, par O'Duffin et Dumas ; un second roman : *Monte-Cristo*, des mêmes auteurs, et, toujours par les mêmes, une tragédie : *La Dame aux Camélias*. Il fallut, pour rétablir l'équilibre des chances, un heureux coup de fusil de Mr. Watts, qui lui permit d'offrir à Mrs. Wiley une superbe peau de couguar.

C'est à cette époque que W. O'Duffin eut une idée de génie.

« Au fond, pensa-t-il, j'ai tort d'être timide et taciturne. Je n'ai qu'à tirer parti de ma situation. Un professeur, aux yeux de ces planteurs et de ces cow-boys, est un aventurier, et je dois leur sembler aussi étrange qu'un cow-boy, en Europe, l'est aux yeux d'un universitaire. Un aventurier doit avoir eu toutes les aventures. Racontons-les ! »

Et il se mit dès lors à mêler à ses savantes théories sur les nécessités de l'état civil le récit de ses prodigieux voyages. Et tout ce qu'il contait devait être véridique, car les Irlandais, comme on sait, manquent totalement d'imagination. En Grèce, W. O'Duffin avait été capturé par un brigand qui, après avoir étendu ses victimes sur un lit de fer, leur coupait les pieds quand ils dépassaient, et étirait leurs jambes quand ils étaient trop courts. Il avait eu juste la taille, ce qui avait désarmé le bandit. En Asie, une reine de sauvages l'avait obligé à filer la laine à ses pieds. Il la soupçonnait d'avoir été amoureuse de lui. En Irlande enfin, on lui avait présenté un cheval d'une beauté rare, mais que les meilleurs cavaliers du Royaume-Uni n'avaient pu réussir à enfourcher : en deux secondes, W. O'Duffin fut en selle et y resta : il avait simplement remarqué que le cheval avait peur de son ombre et il l'avait tourné face au soleil.

Mr. Watts, éclipsé par cette gloire, jaunissait à vue d'œil. Un soir, il revenait la mort dans l'âme de la forêt où il avait vainement cherché la femelle de son couguar. Il n'avait tué qu'une belette, et, il le savait par le catalogue, il en aurait fallu cent quatre-vingts pour faire seulement un manchon à la mode. Harassé, il entra dans le premier cottage venu, prit un hamac, allait dormir, lorsque ses regards se posèrent sur une vieille gravure collée à la cloison, et s'y attachèrent avec l'instinct que donne le désir de vengeance. Il frémit de surprise et de plaisir : c'était bien l'histoire du cheval ombrageux lui-même ; c'était bien lui, face au soleil, l'avant-train déjà soumis, l'arrière-train encore rétif, mais il n'avait pas plus l'air irlandais que le jeune homme, qui l'enfourchait avec une grâce exempte des gestes, de W. O'Duffin. Et tout cela était tiré, disait la légende, de l'histoire grecque. Pris de soupçons, il se précipita vers Romersholm, s'assura que la bibliothèque de son directeur était vide et y pénétra...

Or, le soir même, Mrs. Wiley était tout particulièrement en couleurs et W. O'Duffin tout particulièrement en verve. À l'assistance émerveillée, il contait comment son bateau avait échoué un jour sur une île habitée par une espèce de géant qui, condamné généralement au laitage, faisait grand cas de toute chair, fût-elle humaine. Enfermé dans une caverne, il en était heureusement sorti grâce aux ressources de son esprit. Il avait... mais quelqu'un devinait-il ce qu'il avait pu faire... Personne, n'est-ce pas ?

– Si, moi ! répondit une voix qui semblait sortir de la caverne en question.

Et Mr. Watts se leva. La tête encore pleine des légendes grecques qu'il avait parcourues en quelques heures, il mêlait à son pur américain quelques épithètes homériques, celles qu'échangeaient Ménélas et Pâris, toujours, d'ailleurs, à cause d'une femme. Et il agitait un volume.

– Je le sais par ce livre, ô imposteur, ô œil de cerf, ce livre où vous puisez toutes les aventures dont vous nous abreuvez depuis un mois.

Les auditeurs, effarés, se levaient. Mrs. Wiley regardait la scène avec stupeur. Seul, W. O'Duffin gardait son sang-froid et son sourire. Il arracha le volume des mains de son rival et le présenta galamment à son élève.

– Madame, lui dit-il, lisez le titre. Il répondra à mes envieux.

Elle lut, d'abord hésitante, puis s'abandonnant à une joie qui révéla enfin ses préférences :

– *L'Odyssée,* par MM. O'Duffin et Homère... Je comprends, s'écria-t-elle, ce sont vos mémoires. Pourquoi avoir poussé la modestie jusqu'à les cacher ? Monsieur O'Duffin, voulez-vous de moi pour femme ?

Et ce fut à la fois l'apogée et le dernier jour de l'Université Shakespeare ; car son directeur quitta Romersholm le soir même du mariage. C'est, du moins, ce que m'a conté un ami américain. Peut-être, d'ailleurs, la jalousie l'a-t-elle poussé à ridiculiser une institution rivale, car il était, lui, ancien élève de Harvard.

JEAN GIRAUDOUX.

APPENDICE

LE DERNIER RÊVE D'EDMOND ABOUT[14]

J'étais soldat, et je prenais la garde sur le front d'un perron d'onyx où montaient des sergents-majors. Elle passa... Je la voyais venir d'au delà l'horizon, – d'où surgissent les nuages, les triangles d'étourneaux et les soleils, – de là-bas où la terre est ronde. Ses yeux étaient sans tain, et ne reflétaient pas les choses, ni mon visage, ni mes yeux : ils étaient noirs, mais comme l'air est bleu, d'être trop clairs ; ils étaient plus grands que sa bouche où sa langue pouvait à peine passer. C'est, devinai-je, la femme d'un préfet, et je présentai l'arme, la main crispée sur la vis de culasse. Ma gorge se contractait, j'avais envie de crier si fort que le rapport du régiment eût été troublé, que le lieutenant-colonel, escorté du chef de musique, fût venu et m'eût pris sanglotant aux pieds de la femme du préfet.

Elle me tendit les mains ; elle m'aimait ; elle frottait doucement ses pouces au fond de mes paumes, de la poudre de riz flottait et se posait sur ses oreilles, qu'elle givra. Ma pensée peu à peu monta, devint ma voix : je lui expliquai le maniement du fusil, insistant sur ses désavantages. Des mots inoubliables me montaient aux lèvres ; parfois, je sanglotais avec désolation : mes pieds étaient si las que je m'assis sur la première marche, et

---

14 *Marseille-Étudiant,* 16 décembre 1904. Paru en librairie sous le titre : « Premier rêve signé ».

nous nous mîmes à pleurer tous les deux, tellement que nous ne pensions pas à nous embrasser.

Le préfet vint, il avait l'air très intelligent. Je montai dans un phaéton qu'il conduisait ; j'étais derrière, seul avec elle, et nous étions pleins de joie. Les os de mes chevilles serraient ses pieds ; les yeux rivés à nos yeux, nous en cherchions le fond mouvant. Parfois, toujours nous regardant, nous poussions des plaintes amères. Nos cris dominaient le trot des chevaux bais, qui steppaient avec grâce, mais forgeaient ; les chardonnerets se perchaient, attentifs, sur les fils du télégraphe qui montaient, puis descendaient, au long de la voiture, comme ils montent, puis descendent au flanc des wagons. Le préfet nous surprit joue contre joue ; il s'arrêta pour nous laisser descendre.

Il advint que nous étions seuls au milieu du Grand Marécage. L'eau me montait aux genoux ; je tenais la femme du préfet dans mes bras, et soudain je l'appelai par son nom. Mais des forces cruelles dictèrent mon discours, et voici ce qu'elles ont déclamé aux plaines liquides :

PRÉLUDE

Alouette, chère Alouette, mon amour.

PREMIÈRE DÉCLARATION

Je ne vous aime pas avec des pommes, des branches d'aubépine, des baisers sur le cou.

La nature est lâche et désolée, mon amour l'habite et ne lui ressemble pas : ce n'est pas l'hiver que les oies sont le plus blanches.

CONSÉQUENCE

Quand le destin nous aura séparés, j'irai, pour te revoir, de préfecture en préfecture, déguisé en troubadour.

OBJECTION

Mais il est quatre-vingt-six préfectures, et peut-être quatre-vingt-sept, si l'on crée la Seine-Maritime. Un seul homme ne peut les connaître toutes ; elles habitent le centre des départements, espacées par beaucoup de plaines, fières et solides ; beaucoup se mirent dans des fleuves, mais l'eau n'a jamais pu emporter leur reflet.

DEUXIÈME DÉCLARATION

Beaucoup d'hommes t'aimeront : que la qualité de leur amour ne te dupe pas, parût-il aussi fou que le mien. Rien ne ressemble plus à la queue du lion que la queue du bœuf.

FINALE

Alouette, chère Alouette, mon amour.

Ma voix se tut. De petits navires flottaient sur l'horizon ; mais on voyait d'abord la coque, puis la voile, contrairement aux lois naturelles les plus récentes, et cela ne nous étonnait pas. J'embrassai alors Alouette, sur ses oreilles où la poudre de riz devenait neige, puis sur sa bouche, où ma langue pouvait à peine passer. Nous ne cessions de pleurer très haut, nos sanglots couraient sur la surface de l'eau, revenaient en écho, se butaient, se choquaient, avec des rebonds et des glissades, comme des billes folles sur un billard.

L'un d'eux carambola le préfet, qui revint. Juché sur des échasses, il barra tout l'horizon et produisit la nuit. Les étoiles naissaient au fond de l'eau, et se reflétaient dans le ciel ; le Grand Marécage s'alluma, s'anima, et mes pieds écartés en équerre roulaient sur des mousses tièdes, et je chantai, et mon ventre était battu d'eau fraîche, si bien que j'étais tendre et chaste comme un petit enfant. Soudain le préfet arrêta d'un geste les nappes chantantes.

– Venez, dit-il, je vais vous présenter au Pape...

La première salle avait pour plafond le ciel. Il pleuvait au dehors, et l'azur en résonnait. Le mari d'Alouette nous présenta :

– Je suis, dit-il, petit-fils du conseiller de préfecture, fils de sous-préfet, préfet moi-même. Voici l'amant de ma femme, voilà son amante. Ce sont, en vérité, deux petits enfants ; ils s'aiment tant qu'ils ne peuvent plus se séparer !

Un gros cardinal tira trois petites tortues de sa poche, nous les donna et dit :

– Je ne suis pas le Pape. Croyez que je regrette beaucoup. Je suis le Grand Camerlingue.

Il ajouta tristement :

– Nulle créature féminine n'est plus belle qu'Alouette.

La deuxième salle était pavée et murée de glaces ; si bien que nous pouvions à peine, au milieu de toutes nos images, retrouver notre vrai corps. C'est alors que je m'unis à Alouette ; nos chairs se fondirent subitement, et le même vêtement nous protégea du froid et du regard des miroirs. Nos têtes seules étaient désunies au-dessus de notre corps fondu, et nous pouvions baiser chaque endroit de nos têtes.

Le préfet redit au second gros cardinal les mêmes mots :

– Je suis préfet, fils de sous-préfet... etc...

Mais ils avaient un sens tout nouveau ; ils voulaient dire, je ne sais dans quel but hypocrite : « Je suis le Grand Camerlingue, je viens exprès de Batavia pour vous apporter trois petites tortues. »

Nous étions étonnés de son mensonge ; le second gros cardinal lui répondit :

– Je ne suis pas le Pape. Je suis le jeune prélat violoncelliste.

Il ajouta, joyeusement :

– Alouette est plus belle que tout individu quelconque.

Dans la troisième salle, le Pape était assis, à ce que me dit le fils d'Alouette, vicaire de Saint-Sulpice, « sur de grands fracas de violoncelles ». Il avait les yeux transparents de la petite Marie, que j'aime les jours. Le préfet répéta : « Je suis préfet, etc... », mais la phrase avait un sens subtil que je ne compris pas. Le Pape me dit persuasif :

– La religion est. Voilà un fait.

Ses yeux devenaient si transparents que l'on s'étonnait de ne pas voir derrière des os ou de la cervelle.

« Le Pape est. Voilà un second fait. Je suis. »

J'allais discuter cette mineure quand les violoncelles parlèrent. Ils chantaient d'une voix plus haute que les plus hauts violons, excepté l'un qui avait son de flûte. Ils évoquaient toutes les beautés du monde, mais surtout l'étoile polaire. « Chère étoile isolée, disaient les violoncelles-violons, pourquoi, ô solitaire, méprises-tu tes sœurs ? » Mais le violoncelle-flûte pleurait si languissamment que l'on comprenait la solitude. Le Pape s'asseyait sur les notes les plus drues, qui le balançaient toutes rêveuses.

Un nerf se déclencha dans ma tête. Notre hôte bondit, joyeux :

– Mon fils, mon fils, cria-t-il, vous voilà évêque ! Vous ne pourrez plus accomplir l'œuvre de chair que derrière des lauriers-roses.

C'était moi qui gardais le premier bosquet. Je me reconnus, bien qu'un sage ait affirmé que peu de gens se salueraient en connaissance, s'ils se rencontraient dans la rue. Je me reconnus, malgré le soir, et me dis bonjour. La nuit était tombée presque jusqu'à nos têtes. De grandes clartés se cachaient sous les arbres, où l'ombre venait peu à peu les déloger. Elles s'en allaient alors dans les cabanes et marquaient la nuit de derrière les vitres, ou suivaient notre voiture, sous notre protection, juste au-dessous des lanternes. Je fis arrêter devant la guérite, où je montais la garde : je n'étais nullement jaloux de mon image, et je lui souriais pour qu'elle me sourie, heureux comme une mère qui a deux enfants.

Mais l'image ne me sourit pas ; elle m'intima l'ordre de passer mon chemin et elle ne me tutoyait pas. J'en eus peur et je m'obéis.

Nous repartîmes au galop de nos bais bien pommelés. Des jardiniers, assis au brancard de tombereaux pleins de glaïeuls, nous croisaient à chaque minute. Nous les injurions, parce qu'ils étaient lents à prendre leur droite. L'un d'eux, que le préfet avait appelé « bâtard », nous menaça de son fouet. D'un geste, le mari d'Alouette changea la lanière en couleuvre. La couleuvre mordit son propriétaire, qui se repentit, et nous indiqua le second bosquet de lauriers-roses.

On y arrivait par une route chaude, que les étés ont poudrée. De grands frissons parcouraient les arbres, et continuaient dans notre corps. Nos ombres peureuses se blottissaient sous celles de la voiture. Je descendis enfin Alouette, et je m'assis à son côté, derrière les branches. Le préfet montait la garde.

Or je ne reconnaissais plus mon amante, n'ayant regardé que moi dans ses yeux.

J'étais interloqué ; mais elle me tendit son pied, que je mis sur mes genoux. Je lui offris des macarons, puis des oublies qu'elle effeuillait lentement. Je dis :

– Alouette, je vous aime. Heureux, heureux qui vous connaît dans votre vie privée, vos habitudes, et assiste à vos petits déjeuners. Chaque matin, à huit heures, une grande douleur m'éveille. Elle prend, me dis-je, son chocolat. Il fume, bienheureux, dans le saxe et réchauffe autour de la tasse, des bergers et des bergères ; elle boit quelques gorgées ; une, deux, puis une encore ; et ressommeille, près du chocolat qui s'endort et ne respire plus. Parfois, elle a beurré la tartine des deux côtés, et des aventures enfantines l'égaient.

Je bus ses regards qui étaient justement à fleur de ses yeux ; je sanglotais de tout mon ventre, comme une gamine giflée ; elle me calmait, de sa main et de sa parole :

– Ne te suffit-il pas, délices du cœur, de m'avoir possédée dans la chambre du gros camerlingue. Pour moi, ce souvenir remplira toute cette vie, et débordera sur les autres. Nous nous rencontrerons peut-être au bras d'épouses ou d'époux, dans les gares ou des musées. Je te jure alors de porter ma main à ma fossette, et ce geste te dira que je t'aime de toute mon âme, de tout mon corps, toute mon âme.

Le préfet vint nous en avertir en hâte. Il riait, cynique.

– Voilà les sbires, fit-il, fuyons, ô Léon !

Nous nous embrassions, sans l'écouter.

– Voilà les alguazils, fit-il, ô Émile !

Il se plaisait à ces assonances. Alouette se leva et s'éloigna, les yeux dans mes yeux. Il dit :

– Regarde, délices du cœur, elle part à jamais.

Elle partait, tristement, à reculons, ses lèvres entr'ouvertes étaient reliées par une salive transparente, qui moussait aux commissures. J'y reconnaissais tous mes baisers. Je me précipitai vers elle.

– La paix ! délices du cœur, commanda le préfet.

Je me révoltai :

– Je ne dépends pas, préfet, de ta préfecture ! lui ai-je crié, un homme d'un département vaut un préfet d'un autre. Es-tu donc préfet de la Haute-Vienne ?

Il me regardait, surpris.

– Non, je suis du Gers, chef-lieu Auch.

Mais il me tenait solidement ; je ne pouvais même, de mon gré, mouvoir mes paupières ; il me tamponnait les yeux de son mouchoir, pour que les larmes ne me brouillent pas la vue, la dernière vue d'Alouette.

Elle disparut en tournant, pour toujours. Mes yeux ont suivi longtemps celle que je ne voyais plus. Ma seconde image se penchait sur mon épaule, pour me consoler. Mais j'avais besoin d'être seul, et elle n'insista pas.

Je me suis réveillé un matin de pluie, las et désolé ; mes membres gisaient sur mon lit, séparés, si naturellement inertes que j'hésitais à les rassembler autour de ma taille, qui me serrait comme un corset. Un rêve m'a amené Alouette ; quel rêve me la ramènera ?

Plût à Dieu, à Dieu qui est dans le ciel, qu'elle fût vivante, par l'univers, ici ou là. Je l'aurais attendue, immobile, me nourrissant de miches et de châtaignes, sûr de sa venue et de son règne, simple, immobile et patient, comme les arbres attendent la pluie.

JEAN GIRAUDOUX.